Author
すかいふぁーむ
Illustration
さなだケイスイ
JN054292
史上最強の
宮廷テイマー
〜自分を追い出して崩壊する王国を尻目に、
辺境を開拓して使い魔たちの究極の楽園を作る〜
2

青龍の力を確認しながら、準備をする。
おそらく竜変化と合わせて、
このまま直線で空を通っていけば
すぐに領地にたどり着くはずだ。

「行ってくる」
「はい、お気をつけ――」
ユキア
あらゆる動物・魔物・神獣等をテイムする規格外のテイマー。圧倒的な才覚で使い魔や仲間と暮らす巨大な国家を創設した。

メルシア
各国各地に店舗を持つ、
希少な竜人族の女商人。
帝国でユキアと出会う。
エリン
エルフの国で最も大きい
ユグドルの王・レイリックの
妹で精霊とエルフのハーフ。
気弱だが、神秘的な
雰囲気を持つ少女。

ミリア
ゼーレス国の新女王。
テイマーの素質があり、
以前からユキアを慕う。
シャナル
ユキアのしっかり者な妹。
規格外の兄に、呆れたり
驚かされたりしている。

次の瞬間。
「これは……」
光があふれ出し、
洞窟を覆い隠すほど膨れ上がる。
封印と思われる様々な
魔道具や、目に見えていなかった
魔法が解除されていく。

「すごいな……」
「すごいなんてものじゃ……
特別な力があるとは思っていましたが、
まさかここまでの力があるなんて……」

# CONTENTS


プロローグ 10
エルフ同盟 18
攫われた村 37
ブルス帝国 46
冒険者として 59
ギルドマスター 75
依頼主の素顔 83
領地と成長 104
決戦に向けて 123
竜人族（ドラゴニュート） 140
領地の様子 146
準備の時間 154
客人 186
帝国の誘い 198
戦争 213
戦闘開始 239
エピローグ 252

ダッシュエックス文庫

# 史上最強の宮廷テイマー2
## ～自分を追い出して崩壊する王国を尻目に、辺境を開拓して使い魔たちの究極の楽園を作る～

すかいふぁーむ

「ユキアを借りるぞ」

　書類整理をしていた俺とシャナルのもとにレイリックがやってくる。

「俺じゃなくシャナルに言うのか……」

　いつものことなのでもう慣れてきたが、こうして俺は毎度連れ出されていた。

　シャナルももう慣れた様子だ。

「まあ、止めても無駄ですから止めませんが……今度はどちらに？」

　若干呆れ気味のシャナルがレイリックに聞く。俺も気になるな。

「エルフの国家が集まる会合が開かれる。そこにユキアを参加させる」

「なるほど」

「いや待て、なるほどじゃないだろ。エルフの会合に俺が行ったらおかしいだろう」

　シャナルが毒されすぎていてツッコんでくれない。

それどころか……。

「兄さんなら別に違和感ないでしょう」

「あるだろ」

「今更気にするな」

ダメだ。誰も止めてくれない……。

ここで抵抗しても無駄なことはわかっているのでひとまず情報を集めるか……。

「エルフの、ってことはエリンとかムルトさんとかも行くのか？」

「そうだな。アドリも連れて行くか」

「この領地からエルフが消えるな」

「心配するな、代わりに移住希望者を入れればいいだろう」

「その移住のサポートに慣れたやつが要るって話だっただろ」

もうめちゃくちゃだった。

まあでももう、いつものことと言えばいつものことか……。

「いいですよ。ミリアさんもいますから」

「私ですかっ!?」

突然話を振られたミリアが戸惑っていた。

「できることはしますけど……大丈夫でしょうか」

「心配あるまい。これまでも何もなかったのだから。それより、今回はユキアが必要だからな」

「じゃあまぁ、行くしかないわけか」

どのみちレイリックが言い出した時点でどうしようもないだろう。

シャナルも同じ考えみたいだしな。

「どうせ止めても行くんですから、行ったあとどうするか考えるだけです」

冷たく、でもまぁなんとなく優しさも感じさせながら、シャナルが言う。

ミリアも一応何とかしようと意気込んでくれていた。二人には助けられる。

「行く前に少し状況だけ整理しておくか」

「状況ですか？」

さすがに全部放り出していくわけにもいかない話もあるかもしれない。

「王国のほうは大丈夫そうなのか？」

戦いの後、ミリアに無理やり即位してもらう形でひとまず混乱は収めた。残っていた人材で足りない部分はこちらからも応援を送り、ゼーレスは一応国としての機能をぎりぎり維持している形だ。

もちろんこちらから送り込める人材は上位種とはいえゴブリンたちなので、直接表に出るわけにもいかず、いろいろロビンさんを中心に苦労をかけているんだけど……。

「ミリアさんが新国王として即位してしばらく経ちますが、七割程度は落ち着いたかと」

「七割か」

「はい。というより、残り三割の領地を持つ貴族は、ほとんど王国を離れ、南のブルスへ流れました」

「ブルス……帝国か」

「はい」

ブルス帝国。ゼーレスの南に位置する大帝国。

国土は王国の十倍以上だ。

当然力も強いが、この国は絶対的な人間至上主義で知られていた。そういう意味で今の領地との相性は最悪だろう。

こちらはゴブリンまで領民になっているのに対して、あちらは獣人をはじめとする亜人が奴隷としてやり取りされている国だ。

「ブルスには姉様がいますね……」

「姉様っていうと……」

「長女のアリア姉様です。友好的ではないので、このつながりがプラスになることはないのですが……」

ミリアが言う。

まぁそりゃそうだろう。四人いる兄姉たちに散々な目に遭わされていたのはよく知っている。

「ふむ。まさにブルスだな。エルフが集まる理由も」

「そうなのか？」

「ああ。奴隷売買にエルフが混ざった。自国だけで対応できる問題でもないだろう」

「エルフを奴隷に……？」

ゼーレスではエルフはそれこそ幻の存在として崇められる立ち位置だっただけに、違和感を覚えるが、その希少性に逆に価値がついたというわけか。

「これ、最悪戦争になるんじゃ……」

頭を抱えるが、他の面々は大して焦っている様子がない。

「このままいけばエルフ同盟と人間同盟の戦争になるだろうな」

「そんな軽く……いやでもまぁ、そうなるか……」

エルフはまさにこれからそのために集まるわけだし、対する帝国は人間の国々をまとめる立場にある。

そもそも軍事力的に帝国一つで人間を代表できるくらいの国家規模だ。

「レイリックのユグドルがエルフで最大の国だったよな。勝てるのか？」

「帝国の規模を考えればこちらにかけられる戦力は限られる。ギリギリ戦いようがある、といったところだろうな」

「なるほど……」

「なに。ユキアが参戦するなら話はまるで変わる。軍事力で今のユキアに勝る勢力などなかろう」

「いやいや……」

参戦というか、レイリックに与することにためらいはないが、軍事力うんぬんはどうなんだ。

「兄さんですし、帝国だけなら問題はないでしょう」

「シャナル、帝国の戦力わかってるか？」

「わかっていますよ。国土だけでゼーレス王国の十倍。一点集中は難しいですから、実際に対面する戦力はおそらくゼーレスの全戦力の五倍程度でしょう」

冷静というかちゃんとした分析だ。

「その程度は自覚があろう？　ユキアにも」

「五倍……まぁ確かに、正直霊亀だけでもそうなるな……」

「こちらはほとんど無傷で出てきた戦力を削れるとなれば、あとで帝国がまとまった戦力を集めてきても遅い」

「そもそもこちらが二方面作戦で攻めるだけでいいですからね」

「なるほど……」

いや、納得させられてどうするんだ……。

「まぁそういうわけだ」

「あう……」

エリンも言葉は発さずとも同意を示していた。

「連合軍まで出てきたらどうするんだ」

「そうなればそうなったとき考えればよい。こちらはエルフも鬼もいるのだ」

「それにその頃には兄さんですし、神獣の一匹くらい増えてます」

「いや……」

無茶を言うな……。

とはいえまぁ、言っても仕方なさそうだ。誰も止めてくれる人がいないのだから。

「どうなるかは置いといて、一度話は聞きに行くか」

「よし！　決まりだ！　行くぞ！」

「もうか⁉」

いつも通り慌（あわ）ただしく、レイリックに連れられてエルフが集まるという会合の場を目指すことになったのだった。

「場違いが過ぎる……」

「大丈夫っすよ！　兄貴なら！」

「むしろ俺のほうが場違いだろう？」

　アドリとセキが答える。

　確かにまぁ、鬼人族（オーガ）であるセキのほうがガタイからして違いすぎてはいるものの、逆に似ている分その容姿の差にいたたまれない気持ちになるわけだ。

　というか……。

「セキも来たんだな」

「よくわかんねえけど行けって言われちまってよぉ」

　ほかにも名前はわからないがドワーフが何名かついてきている。各国からの代理出席兼社会見学みたいな感じだろうか。

俺もそのつもりでいたいんだけど……許されないだろうなぁ。

「にしてもどこを見ても美男美女だな」

俺の言葉に同意を示してセキが続ける。

「忘れそうになるけどアドリも顔はいいんだよなぁ」

「顔はってなんスか!?」

集まったエルフは本当に皆、美しい顔立ちをしていた。

レイリックはその中でも際立って整っているあたり流石（さすが）というかなんというか……。

セキにからかわれたアドリが騒いでいるがこれ以上騒ぐと目立つので話題を変えることにする。

「エリンもレイリックも遠いな」

「一応集まってるエルフたちの中でも一番大きい国っすからね。いっつもあそこです」

「アドリは？」

「俺は二人をあそこに行ったのを見届けたら帰ってましたからね！　初参加です！」

「なるほど」

最奥（さいおう）の上座に座ったレイリックが笑いかけてくる。

目立たずには終わることができなそうだという思いが強くなった。レイリックのあの顔を見ると……。

そんなことを考えているとレイリックが口を開いた。

拡声魔法を通じて声が届く。

「よし！　集まったな。話は聞いている。同胞を捕らえられ、人間に売られたと。リミとレミが代表として来たようだが、詳細を頼む」

どうやらレイリックが仕切るようだ。

指名されたリミとレミはエリンよりも小さな少女。エルフだから見分けがついていないのかどうか怪しいが、名前を考えると双子に見える。

どちらも可愛らしいサイズ感なんだが、その美しさがどこか神秘的な雰囲気すらまとっていた。

「帝国から遠かったのに狙われた！」

「場所もばれてなかったはずなのに！」

交互に懸命に訴えかけるリミとレミにレイリックが尋ねる。

「聖域はどうした？　手に負えない相手だったのか？」

レイリックの言葉に聞き覚えがあるようでない用語が出てくる。

「聖域……？」

「エルフは森、要するに場所と契約して力を得るっす。その一番力が出せる場所を聖域って呼んでます！」

アドリが解説してくれる。なるほど、聞いたことはあるな。

レイリックみたいに移動したがるエルフが少ない理由はこれもあるか。

「みんな外でやられた！」

「狩りに出てた！」

「なるほど……」

レイリックがうなる。

もともとエルフは場所によって強さが変わるとは聞いていたが思ったよりも深刻なようだ。

「外に出ると狙われるというのならそれはそれで対応を考えなければならないが、まずは連れ去られた同胞を救い出せるかだな」

「助けたい！　でも戦えない」

「聖域の外で戦えるエルフがいない！」

「安心しろ。そのために同盟国を呼んだからな」

そう言ってレイリックが俺を見る。

当然、視線を追って多くのエルフがこちらに視線を向けてくることになるが……。

「人間……？」

「まさか……人間は敵だというのに……」

「いったい何をしに……」

　おおよそ反応は好意的とは言えないものだ。

　レイリックは構わず続ける。

「この男はゴブリンも魔獣すら自国民として迎え入れ、そのゴブリンや魔獣のために生まれ育った国を滅ぼしたほどだ」

「言い方……」

「だが間違ってはいねぇ」

　セキがニヤッと笑う。いやまぁ否定はできないんだけど……。

「ユキア！　この問題、一枚嚙(か)んでくれるかな？」

　レイリックが声をかけてきて、いよいよ注目も高まる。

　さっきの演説のおかげで半信半疑程度には信頼を得たようだな。

「俺にできないことは協力しよう」

「お前にできることなどないだろう？」

「いやいや……」

とにもかくにも、レイリックのせいで逃れようがなくなったみたいだった。

「で、なんで俺は戦わされるんだ？」

「力を見ないと納得しないという若いやつらがいるんだ。いいだろう？　わかりやすくて」

「まぁアドリも最初はこんな感じだったか」

「忘れてください……兄貴……」

会議は一応、あの後も諸々の情報交換を経て終わった。

レイリックと付き合っていると忘れそうになるが、エルフたちにとって時間の概念は人間のそれとはまったく異なる。

すでに人間に捕らえられて被害が出ているというのに、次に集まるのは五十年後、進捗報告は十年単位でいいなんて話が出ていた。

流石にこれでは俺の寿命を大幅に超えてしまうから一年以内の解決を提案したんだが、信じられないものを見る目で見られ……。そして結局信じきれなかった血気盛んな若いエルフたちが俺の品定めにやってきたというわけだ。

「別に戦う必要もないだろうに。帝国に行って情報を集めてくるところからだろ？」

「まぁいいだろう？」

レイリックはいつも通り笑ってくる。

その様子を見ていたアドリが耳打ちしてきた。

「兄貴の力を見せびらかしたいってことっすよ」

「あー……」

レイリックをもう一度見る。

確かにいたずらを思いついた子どもの顔をしてるな……。

ちなみに今、レイリックは俺のテイムの恩恵を受けていない。

さすがに会合の議長役が人間にテイムされた状態で登場することはレイリックの国の長老たちが許さなかった。レイリックは渋ったがムルトさんにもエリンにも止められて不承不承で受け入れたというわけだ。

「自分が発散できないからってのもありそうだな……」

「兄貴の力が見られるのは俺も楽しみっすからね！」

レイリックは年長者たちも含めギャラリーを形成している。

仕方ない。派手（はで）なやつらを見せておけばいいか。

「人間風情が俺たちを四人も同時に相手するだと……？」

「馬鹿にしやがって……」

「そもそもユグドルがこんなわけのわからないやつを連れてきたのが問題だ」

「種族として格が違うんだ。人間ごときに何ができる」

それぞれ戦う準備を整えた青年エルフたちが言う。

その人間風情に仲間を攫われているという現実からは目をそらしているようだけど、まぁそういう問題でもないか。

「ルールはどうするんだ？　殺し合いをするつもりはないけど」

「お前ならどうとでも決着なんてつけられるだろう？」

「だから確認したいんだよ」

レイリックへ確認するがそれがそのまま挑発に映ってしまったらしい。

「貴様！　舐めるのもいい加減にしろ！　そもそも聖域でない場所で戦う時点でお前に合わせてやっているんだぞ！」

「だから四対一なんじゃなかったのか？」

「ふざけるな！　人間相手に四人がかりなど必要ない！　こちらからも一人ずついく！」

若干支離滅裂な感じがするけど……。

「まぁ相手してやってくれ。敗北を認めるまで、でどうだ？」

「それは……」

考え得る一番嫌なパターンだけど……。

「なに、あれを見せれば一発だ。だが多少は身体を動かさせてやってくれ」

レイリックの耳打ち。あれ、が指すのは今は姿が見えない神獣たちのことだろう。

「仕方ないか」

「ああ、仕方ないんだ」

ニヤッと笑うレイリックを見てため息をつくが、彼は意に介さず離れていった。

「さて、じゃあやるか」

「武器はどうした」

「人間が魔法で私たちに敵うとでも思っているのか？」

「生身のほうが都合がいいんだ」

テイマーは自分自身が戦いの場に立つことはあまり想定していないが、俺の場合ここ最近手に入れた権能だけである程度戦える。

霊亀の【鉄壁】。

鳳凰の【聖炎】。

正直武器を持ったままコントロールはできない。

「後悔するなよ！」

レイリックが開始の合図を出すと同時に、
地面から無数のツタが現れ俺を取り囲んだ。

「どうだ？　これからこの無数のツルがお前を締め上げる！」

「エルフっぽいな」

「その余裕がいつまでもつかな！」

エルフの青年が腕を動かし植物を動かしてくる。

無数のツルが俺を打ちつけるようにしなりながら迫り来るが……。

「これでその威勢のよさも消え失せるだろう！」

「【鉄壁】」

植物のツル、といえば可愛く聞こえるが、無数に襲い来るそれらは一本一本が森の木々の幹に該当するほどだ。生身の人間が受けたらひとたまりもないだろう。

だが、霊亀の権能はその程度で突破できるものではない。

「どうだ⁉　バラバラになってないといいが……は？」

「流石兄貴っすね！　このくらいなんでもないっす！」

「馬鹿な⁉　ただの人間が私の魔法をどうやって……⁉　レイリック！　不正はないのか！」

「くっ……あるわけないだろう。仮にあったとしても、それを見抜けないのならお前の負けだ」

「ぐっ……だが手も足も出ないのは事実！　このまま押し潰して――」

そろそろ反撃に出てもいいだろう。

「【聖炎】」

「なっ⁉」

鳳凰の権能。俺自身の身体を炎にするこの力は植物魔法とは相性が悪いだろう。

現れた端から植物が燃え尽きていく。

「くっ！　ならこれで！」

入れ替わるように別のエルフが現れ魔力を練り上げていく。確かにこの魔力量は人間では実現できないだろう。

ただ、ここは聖域じゃないからな……。

「その魔力、何かに変換できるのか？」

「必要ない！　これだけのエネルギーだ。そのままぶつければいいだけ！」

やっぱり、どうにも決め手に欠けるな。

「くらえ！」

「【鉄壁】」

「は……？」

炎が解かれる。見た目には出ないが今の俺にこの程度の魔法は全く気にならないものになっている。

並の人間が受けたら確かに意識くらいは奪える技なんだろうけど、仮にも大国の王が連れてきた客人を舐めすぎだ。

「今度はこっちから行くぞ」

「くっ！」

「【聖炎】」

腕に炎をまとい、そのまま手をかざして……。

「【炎弾】」

「なっ!?　ぐあっ」

「なんだこの威力……」

四人いるエルフのうち二人はこれで戦闘不能になった。

「まだやるか？」

「舐めるな！」

それでもまだ引き下がる気はないらしい。

レイリックに目配(めくば)せするともういいと頷(うなず)いてきた。

なら……。

「【召喚(サモン)】」

「は……？」

「え……？」

驚いたのは周囲で見ていたエルフたちも同じ。

場所がないので霊亀は精霊バージョンだが、鳳凰にはわかりやすくそのありのままの姿で空に飛び立たせた。

「さて、まだやるならこいつらが相手をするけど」

事態について行けず口を開けたまま固まるエルフたちを見て……。

「くっ！　はははは！　もう十分だろう」

レイリックが満足そうに笑って戦いが終わったのだった。

◇

「人が悪いです！」

「あんな力があるのなら最初から言ってもらっていれば俺たちも……」

あのあと力を見たエルフたちの態度は本当に一変した。

半信半疑、それどころかほとんど敵視に近い目が、今ではわかりやすいくらい歓迎ムードだ。

「どうだ？　私の言った通り動いて損はなかっただろう？」

「いや、俺も最初から話をしておけと思ったけどな」

得意げなレイリックは上機嫌に続ける。

「話してわかる相手なら苦労はない。伝わるころにはお前の寿命だ」

どこまで本当か冗談か相変わらずわからないな……。

とはいえまぁ、エルフたちと打ち解けられたのは良かったと思おう。

さっきの青年たちはそれぞれディット、ガル、フェイ、ウルダというらしい。

四人とも今回のエルフが攫われた国の所属ではないが、どうやらエルフには珍しく熱い性格のようだった。

そのおかげか、連れてきたセキとも相性がいいようで今も会話を弾ませている。

「じゃあこれからのことを決めていくか」

「そうだな。聖域がないエルフにとって、今回の戦いは比較的苦しいものになる。ユキアに頼る部分が大きいぞ」

エルフはその性質上、防衛戦と侵攻戦で驚くほど戦力に差が出る。

攫われたエルフを救い出すという部分に関してはこちらが動かざるを得ないだろうな。

「まずは俺が帝国に潜って情報収集でいいのか？」

人間至上主義の帝国は人間にとっては入ることは難しくない場所だ。帝都に行って攫われたエルフの情報を集めて救出。同時にエルフを攫った人物を特定して二度目を防げばいいはず。

「いや、その前にこいつらの国に行って話を聞いてきた方がいい」

レイリックが示した先には、会議で発言していた双子のエルフがいた。

なるほど、ワンクッション挟むか。

それはいいんだが……どうも双子の様子がおかしい。

「お兄様、私たちと来る」

「来る」

「お兄様……？」

「ずいぶん懐かれたな」

レイリックが笑う。

リミとレミだったか。まとわりつくように服の裾を引っ張ってきていた。

「お兄様、強い」

「お兄様なら、助けられる」

「いや……」

「つくづく精霊に好かれるな」

「二人も精霊なのか？」

「この辺の分類は正直複雑ではあるが、濃くはなくとも二人とも精霊の血が流れている。お前の精霊に好かれる何かには反応する程度にはな」

レイリックいわく俺には精霊に好かれる何かがあるという話だったが、テイム以外にスキルに近いようなものがあると思っていなかったのでいまだに半信半疑だ。

「で、一番精霊の血が濃いのがエリンだろうな」

「あう……」

なぜかエリンも俺の服の裾を引っ張っていた。

「エリンの場合はまぁ、しばらく一緒にいたのもあるだろう。とはいえお前ならそんなものがなくともエルフたちの支持は集めるということだな」

「いや……まあいい。悪いものじゃないならよしとするよ」

好かれて困ることもないだろう。そう思うしかない。

というより、これ以上話すとエリンが限界を超えそうだからな。今ももう沸騰しそうなほど顔が赤くなっているし。

「では行くか」

「はいよ」

「あれ、兄貴たちもう行くんすか！」

移動しようとする俺たちのところにアドリとセキがやってくる。戦った四人組も一緒だ。

「俺たちも移動か？」

「いや、こっちはレイリックと……エリンも来るか。このメンバーでいい。先に領地に戻っててくれるか？」

「わかりました！」

「あ、あの……！」

ディットだっただろうか。エルフの青年が声をかけてくる。

「どうした？」

「えっと……俺たちもユキアさんの国、見せてもらってもいいでしょうか！」

「俺も！　お願いします！」

「さっきアドリに聞いて、気になって仕方なくて……！」

必死に頼み込んでくるエルフたち。

なぜか隣にいるアドリとセキ、そしてドワーフたちは得意げだった。

何を話したんだ……。

「まぁ、いいけど……そんな期待するようなとこじゃないぞ？」

「大丈夫です！　やった！」

「よし！　よし！」

若いといってもエルフだ。年齢はわからない、と思っていたが、反応を見る限りアドリを含めて幼く見えるな。

悪い意味ではなく。

「のんびりしてからでいいから、好きなタイミングで行ってくれ」

もともとこんなに早く移動するのが例外なだけだしな。人間感覚でももう数日は休んでいても問題ないだろうし、エルフに至っては年単位で移動しないこともあると聞いた。

そんなこんなでほかのエルフはのんびりしていたがレイリックはすぐにペガサスたちを呼んで目的地を目指すことになったわけだ。

「レイリックの国とはずいぶん違うな」

「うちが特殊なんだろう。大木を切り抜いてその中だけで生活を可能にしているようなところはたぶん他にない。聖域（せいいき）の中で完結するため、よほどのことがなければ外敵の心配もなかったからな」

「対してここはわりと……普通の村に見えるな」

森の中の一角に集落を形成しており、住んでいる者が違うだけで人間の村にかなり近い感じだった。

建造物の形が人間のとは違うくらいだろうか。あとは家畜があまりいないとか、畑が少ないとかその辺だろう。

聞いたところ、エルフはそもそも食が細い。そのうえ肉を食べるときは狩猟（しゅりょう）を、植物を食べるときは採集を行うので、もともと食料供給のための用意が少ないらしい。

「お兄様、こっち」

「私たちの家、こっち」

小さなエルフ二人、リミとレミに手を引かれる。

そして俺の後ろをぴったりエリンがついてきていた。

エリンはあまりしゃべらないので感情は読み取り切れないが、これはなんというか……おもちゃや兄を取られまいとするような感じだろうか……。

「代表で来たってことは、あの一番でかいところか？」

「そう！」

「はやく！」

「わかったわかった！」

わちゃわちゃと手を引くリミとレミについて行きながらも、後ろで裾を引っ張るエリンがついてこられるように何とかバランスを取る。

なんかちょっと懐かしいな……。俺がまだ宮廷に勤める前、シャナルにもこんな時期があったのを覚えている。

ずっと俺の後ろをついてきて、俺がどこかに行こうとすると服の裾を引っ張ってきていた。

あれ？　いつの間にあんな冷たくなったんだ……。

「お兄様、ここ」

「お兄様、どうした」

「ああ、ごめんごめん」

いつの間にか到着していたその建物も、レイリックの国のものとは違うがやはり植物を直接切り抜いたようなつくりをしていた。

「エルフは……森の精霊の力を借りて……その……木の形を変えられるので……」

俺の考えを読んだのか、後ろにいたエリンが説明してくれた。

「木の形を……確かに切ったりした形跡がないな」

「あう……」

「教えてくれてありがとう、エリン」

ついうっかり、シャナルにしていたように頭を撫でてしまった。

「はぅ……」

「あ、ごめんごめん」

「いえ……うぅ……」

「お兄様！　はやく！」

「お兄様！　こっち！」

「わかったわかった」

リミとレミに手を引かれて建物に引き込まれる。

エリンの反応がいまいちわからないまま、とりあえず中に招かれたのだった。

「よう来てくださった」

迎えてくれたのは初めて見たと言ってもいい、ひげを生やした老エルフだった。

ムルトさんですら見た目は青年のようだから、エルフはみんなそういうものかと思っていたがどうやら違うらしい。

年老いた姿でもなお顔立ちが整っていると感じさせるのは流石だが。

「うむ。久しいな、ビネル爺」

「息災じゃったか、レイリック。お主は変わらんのう」

「ビネルからすればそう歳もとっておらんからな」

「それはそうじゃ。わしより長生きしとるエルフはみな森に還ったからのう」

見た目だけじゃないってことか。

「して、客人。どうやらこの男に面倒ごとを押しつけられたようじゃの」

「まぁ、いつものことだからな」

「かかか。ただで、とは言わんだろう？　だがあいにくこの村は財宝の類はなくての。リミとレミ、好きな方を嫁に出すぞ？」

馬鹿を言うなと言おうとしたら意外にも傍に控えていたエリンが抗議した。

「あう……真面目に、話を……」

「これはこれは姫様も一緒じゃったか。では仕方あるまい。しかしタダで働かせるには気が引けるほどの力があろうに。わしはお主にどう報いれる？」

「そもそも問題も解決してないのにか？」

「当然じゃ。骨を折らせる分の対価。そして事態を解決した折の対価。何もかも足りん。そうじゃ、リミとレミを二人とも嫁に――」

「ビネル爺……」

「おっと怖い怖い。知っとるか？　こう見えて姫は怒らせん方が良い」

わかりにくいエリンの感情が初めて見えた気がするくらいには圧の強い対応だった。

注目されるとエリンはまたあわあわと小さくなっていったが。

「ビネル爺よ。ユキアは異種族をまとめ上げる王だ。エルフとの関係良化はこの上ない報酬になる。そうだろう?」

　レイリックがニヤッとこちらを見る。

「まぁ、その通りではある。実際レイリックのところから移住してもらう段取りも組んで進めてきたけど、エルフが住みやすいかと言われれば未知数だ。レイリックのところは住居からして特殊だったからこの村のような生活様式をうちに取り入れられるならエルフにとっていいだろう」

「王にとって民の利益は王の利益となる。この問題が解決したらビネル爺のこの集落ごと、ユキアの領地に移るのも視野に入るだろう」

「なるほどのう。場所と契約するわしらに移住させるというのは確かに、今回の問題解決にはうってつけだろうて。しかし、わしのような老い先短いもんはともかく、村の者は普通なら反対しよる」

　ビネルの目が鋭く光る。

「じゃが、レイリック。お主がおればこうも無理せずとも号令はかけられるであろう」

「私にそこまでの力はない。国を超えてエルフを動かせるものなど、もはやビネル爺をおいてほかにおらん」

「ふむ……。若いのに持ち上げられたら、老人は動かねばなるまい」

それまであぐらをかいて座っていたビネルがすっと立ち上がる。思ったよりも大きい。俺やレイリックよりも二回りくらい体格がいいな……。それにレイリックの言葉も気になる。大国ユグドルの王、レイリックよりも、場合によってはこの目の前の老エルフの方が、力があるということだ。

「人間の客人よ。名は？」

「ユキアだ」

「そうか。ユキアよ。誓おう。もし此度の問題、お主が解決できたあかつきには、わしは全力をもってお主を支援する。そしてこの集落はお主の傘下に加わり、移住を含めすべてに従おう」

「そこまで……？」

「そこまで、じゃ。老い先の短いわしには此度の一件は応えておる。それはこの村に残された者たちの総意でもあろうて。誰一人とて、家族を奪われんかったものはおらんのだから」

「家族を……」

母さんとシャナルの顔が頭に浮かぶ。

確かになにより優先すべきだろうな、家族は。

「全力で問題の解決にあたろう」

「では、契約を」

レイリックと結んだ時と同じような魔方陣が空中に浮かび上がる。

だが……。

「おや？　年寄りには魔力が足りんか？」

「そんなことあるのか？」

俺の疑問にレイリックが答える。

「ふむ……契約魔法はその内容に応じて精霊の協力を得て行使されるが……今回はビネル爺だけでは決められぬということか？」

「そうかもしれぬな。すまんが客人、この翁をなんの保証もなく信じてもらうしかないが、どうする？」

心底申し訳なさそうにビネルが言う。

そこに、それまでじっと耐えてきたリミとレミが飛び出してくる。

「お兄様。お願い」

「お兄様……！」

「これ。客人に失礼を働くでない」

諫めるビネルを手で制して答えた。

「人間にとっては口約束が普通だし気にしないでいい。それにどのみち話を聞いた以上できることはやるし、その上でどうするかはその時判断してくれ」

「ほう……恩に着る。そして良い男じゃの。やはり二人を嫁に――」

「ユキアさん……早く……行きましょう」

ビネルが言い終わる前にエリンが俺の手を引いて、来た時とは逆に引っ張られていくことになるのだった。

「本当に兄さんは突然ですね……」

急かすエリンに連れられる形で領地に帰ってきてすぐ。俺はシャナルにいきさつを説明して一緒に帝国に行くか確認した。

「都合が悪いなら一人でも――」

「行かないなんて言ってないでしょう」

「いいのか？」

「兄さんを一人にしたらまたふらふらするでしょう。レイリックさんがいなくても今の兄さんなら」

「いや……」

俺がバタバタ移動してるのはレイリックのせいで……多分……。

「もうずいぶんお二人は似てきましたからね。私が行けなければミリアさんを付けますが、潜入調査となれば私しかいないでしょう」

「そうですね、さすがに私ではまずいでしょう……」

　ミリアが言う。

　まあ確かに、元王族、というか、今は女王であるミリアの顔は流石に割れているからな。

「じゃあエリンとミリアはこっちのことを頼む」

「あう……」

「はい。それにしても、レイリックさんは戻らないんですね、てっきり一緒かと思っていましたが」

「あー、そうなのか」

　まあとはいえ、レイリックがじっとしているイメージはないし、おそらくユグドルに戻って何か準備をしているとかだろう。

「じゃあエルフはエリンだけか……頼んだ」

「はぅ……」

　言葉にはならなくとも何か頑張ろうという意志だけは伝わった。

「にしても、そう考えるとこの領地って、人間がいなくなるんだな」

「今更ですね……」

領民のほとんどはゴブリンやオークなどだろうか。そこにエルフ、鬼人族、魔獣たち……。

「まあ今更っちゃそうか……というか、これがゴブリンって言われても信じられないしな」

ロビンさんの教育によってもはや宮廷でも見られないほどの仕上がりになった使用人ゴブリンたち。

褒めてもしゃべってはこないが誇らしそうにしていた。

「母さんに挨拶したら出発するか」

「はい」

ミリアとエリンに見送られ、シャナルと歩く。

「二人で偵察か、なんか新鮮だな」

「偵察なら私のヴィートは役に立つでしょう。ミリアさんほどではないですが私も第四の目に近いことはできます」

「いつの間に……」

使い魔の視点でモノを見られる第四の目。扱いが難しい上、使い魔との信頼関係が前提になるので俺にはあまり使えないスキルだった。

ミリアはこの能力に関しては大陸でも屈指だろう。まだ付き合って日が浅いドラゴンと心を通わし、さらに戦闘中の難しいシチュエーションで完璧に使いこなしたからな。

そこまでとはいかずともシャナルもこの難しいスキルを取得したらしい。少し見ない間に変わるものだな……。

「兄さんは私のことをいつまでも子ども扱いしすぎなんです」

「そうかな……」

「そうです。もう私だって、兄さんの隣を歩けるところを見せますから」

そんな話をしながら、ブルス帝国の帝都へと二人で出ることになったのだった。

「兄さんって、いつもあんな感じで移動してたんですか……？」

心底疲れたという声でシャナルが言う。

まぁ慣れないと疲れるかもしれないな。

「いつもじゃないぞ？　最近はレイリックがくれたペガサスもいたからな」

「そういう問題……はぁ、まあいいですが……」

なぜか呆れられてしまった。

帝都はゼーレス王国の南に位置する大国だ。領地からだとゼーレスを綺麗に縦断するか、迂回(かい)して森を抜ける必要がある。

　当初は竜で王国を横断する予定だったが、嬉(うれ)しい誤算によってなくなったのだ。

「ミリアさん、すごかったですね」

「まさか宮廷で飼われてた竜全部きっちりテイムして調教してたとはな」

　結局あの後、俺たちが移動のために竜舎に竜を見に行ったところでミリアと再会したのだ。

　俺がテイムしてあとは最低限の世話だけを頼んでいる状況、と思っていたんだが、いつの間にかミリアがきっちり全部テイムして領地の仕事を任せていたのだ。

「兄さんのせいで感覚がおかしくなりますが、やっぱりミリアさんもとんでもないテイマーですよね……」

　竜一匹テイムするのでも通常かなり苦戦すると言われている中、十近くをすべて御(ぎょ)しきるミリアは相当なものだ。そしてその竜をきっちり領地発展のための移動や輸送にとフル回転させていたので予定を変更したというわけだった。ミリアはすぐ呼び戻すと言ってたんだけどな。

　エルフの会合に出るため移動に使ったペガサスは、二人で乗るには窮屈(きゅうくつ)だし、ミリアに預ければまた領地のために活用してもらえるかと思って置いてきた。

　代わりに森を迂回しながら道中で乗れそうな魔物に出会うたび乗り換えてここまできたのである。

馬、熊、狼、飛竜(ワイバーン)……。あらゆる魔物をテイムしながらここまで来た。

乗り換えた魔物たちには希望するなら領地に行けと言ったから、これもミリアに任せるとしよう。

「ミリアには活躍してもらわないとな」

「残してきたの、ちょっと可哀相(かわいそう)だったかもしれませんね……」

同情するシャナルだが、ミリアなら何とかしてくれるだろう。

「さて、これであとは徒歩で行けるな」

「そうですね。山を渡り歩く冒険者として入国、でいいんでしたね？」

「ああ。二人ともテイマーだし、冒険者なら通してもらいやすいだろ」

「兄妹、でいいんですか？」

「それはそのままでいいと思うけど……」

「そうですか。男女のペアなら恋仲でもいいと思いますが」

「恋仲っ⁉」

「ふふ……冗談です。早く行きましょう」

「お前なぁ……」

そんなこんなで、久しぶりに二人でいろいろ話ができた旅路を終え、帝都へ潜入したのだった。

◇

「これは……ひどいな」

帝都に入ってまず口を衝いて出た感想がこれだ。

大通りだけは石畳が敷き詰められ、整備された印象を受けるが、路地に入れば別世界が広がっている。

スラムに転がるのは弱り切った獣人やそのハーフと見られる種族たち。

「下品ですね」

シャナルがばっさり言い捨てた理由はスラムではなく、大通りに見える人間たちにある。

「話には聞いてたけど、ここまでとは」

見せびらかすように獣人の奴隷を首輪でつないで散歩させる人間。それを特に何とも思わずに生活する通行人たち。

シャナルの言うように下品に映るが、ここではそれが普通なようだった。

「兄さんの領地を見ていると考えられない光景ですね」

「まぁ、対極だろうな」

ゴブリンや魔獣が領民として生活するってのはやりすぎな気もするけど、いずれにしてもこのやり方とは相容れないことは間違いないだろう。

「とはいえ今揉め事は起こせないし、とりあえず情報収集だな」

「冒険者ギルドですね。にしても、冒険者って人間以外にも結構いますよね？」

シャナルの言う通り、むしろ人間より体格的に優れる獣人や、魔力に長けた亜人たちも数多くいるはずだ。

「彼らはここには近寄らないんだろう」

そんな話をしながら大通りをしばらく歩くとギルドの建物にたどり着いた。

「兄さん」

「大丈夫、気づいてる」

ヴィートの偵察か、シャナル自身が気づいたか。俺も明らかに敵意を持った視線を感じていた。

一応警戒はしつつギルドへ向かう。

「さて……」

扉に手をかけた瞬間だった。

「おお？　ひ弱そうな兄ちゃんがこんなとこに何の用だー？」

三人組。いかにもガラの悪そうな男たちが絡んできた。

「情報収集に来ただけだから別に仕事は取らないぞ？」

「あぁ？　わかんねえのか？　これが仕事なんだよ俺らは」

「これが？」

「おめえみてえなどうしようもねえやつを捕まえてちょっとはマシにしてやろうってのが俺たちの仕事ってわけだよ！」

「お前はともかくそっちの嬢ちゃんは高く売れそうだしなぁ？　いや、お前もよくみりゃそれなりに需要ありそうじゃねえか」

人身売買屋……？

帝国の中心である帝都、しかもその大通りに面したこんな場所で堂々と……？

「兄さん……」

「ああ、大丈夫だから下がっててくれ」

「その心配はしていないんですが……ここまで治安が悪い場所で情報なんて集められるんでしょうか」

「あー……まぁ何とかする。ここでこういうのに会えたのは都合がいいだろ」

「確かにそうですね」

「何をグダグダ言ってやが――は？」

突きつけてきたナイフをそのまま握り込んだ。

「おいおいイカれちまったか？　一応商品価値に影響するんだから……え？」

【聖炎】をまとった手は当然無傷。それどころかナイフ程度なら溶かし切る火力だ。

「なっ⁉　何しやがった⁉」

「見てた通りだよ。さて、お前の身体はナイフより頑丈か？」

「ひっ……ま、待て！　待て待て！　冗談じゃねえか？　なぁ？」

「そ、そうそう。冒険者ってのは危ねえ仕事だからよぉ。俺たちはここでそれを教えてやって……ひっ⁉」

ふざけたことを言い出す男たち。【聖炎】を眼前に迫らせて話を聞くことにする。

こんなことをやっていても誰も気に留めないあたり、本当に治安が悪いようだな……。

「お前たちの雇い主はどこだ？」

「し、知らねえ！　俺らは別に雇われてねえ！」

「ならいつもどこに売り渡してる？」

「奴隷商なら誰でもだ！　一本裏通りに入りゃそんなことやってるやつらはいくらでもいる！」

さっきまで威勢(いせい)が良かった大男が腰を抜かして叫ぶ。これ以上は流石に目立ちたくない。

「これだけ答えたら見逃す。エルフを扱う奴隷商はどこだ？」

「エルフ……？　んな高級品、俺らじゃわからな――いや、いるとしたらもうそりゃ貴族がついてる大商人だ！　奴隷商じゃなくそっちを当たったほうがいい！　とにかく俺らにゃ縁(えん)がない話だ！」

「大商人……」

「そうだ！　表向きは普通に商売してやがる」

「なるほど」

「も、もういいだろ！」

「そうだな。行け」

「くっ……」

バタバタと三人が裏路地に駆け込んでいった。

「大丈夫ですか？　野放しにして」

「多分な。一応さっき、路地裏(ろじうら)のネズミを何匹かテイムして見張りを頼んでる」

「いつの間に……というかそんなあっさり……」

「ヴィートも頼りにしてるしな」

「これ……私が来る必要あったんでしょうか……」

「頼りにしてるって言ったのに……」

　全く信じてもらえない……。

「それはそうと、どうするか。大商人ってどうやってアクセスすればいいんだろうな」

「そうですねぇ……兄さん、今回の件、どのくらいの猶予があるんですか？」

「ん？　厳密には決まってないな。エルフがのんびりすぎて一年以内に解決するって言っても驚かれたくらいだから」

「なるほど。でしたらちょっと時間はかかりますが、本当に冒険者をやるのはどうです？」

「冒険者を？」

「はい。上位と言われるＢランクになれば商人から仕事の依頼が来るかと」

「なるほど」

　確かにそれならつながりは持てるけど……。

「結構気が長くないか？」

「兄さんなら一週間もあればＢランクにはなれると思いますが」

「一週間か」

「いえ、もう少し早いかも……まあとにかく一度冒険者として仕事をしながらでもいいのではないですか？」

「まあ、そうするか。とりあえず入るぞ」

「はい」

改めて、シャナルとともに冒険者ギルドの扉を開いたのだった。

「ギルド……緩かったな」

「そうですね……」

酒場が併設されたギルドでは入り口で出会った三人組と大差ない見た目の人間たちが飲みつぶれていた。

ギルドの人間は特に気にしてなかったあたり日常茶飯事なんだろう。

入り口にいたやつらと目的は違えど同じような絡まれ方をしたが、全部無視して依頼を受けて出てきたところだ。

「登録も一瞬でしたし、普通は登録したてじゃこんな依頼受けさせないと思うんですが……」

シャナルの言う通り、俺も冒険者って受けられる依頼は少しずつ難易度が上がっていくものだと思っていた。

まぁこの依頼が特別なんだろうけど。

推奨ランクA以上。魔物の納品依頼だ。

「で、当てはあるんですか？」

「いくらでも」

依頼内容は危険度B以上の魔物の納品。生死は問わないようで、コレクターが剥製にでもするとのことだった。

捕らえた魔物のランクに応じて報酬が支払われるということだが、下限でもBランク、つまり上位の冒険者向けの依頼だ。

推奨ランクはA、つまり大陸を見渡しても有数の実力者への依頼ということで、どうもギルドでの様子を見る限り持て余してるところがある様子だった。

それが原因かはわからないが、まぁ受けて失敗してもギルド側に被害がない依頼ということもあって、登録したてで受注できたというわけだ。

「兄さんなら魔物くらいいくらでも相手できると思いますが……だからこそ納品をためらうんじゃないかと思っていました」

シャナルの疑問はもっともだろう。俺もそれは抵抗がある。

「テイムしておいて剥製にします、ってのはなしだろうな。まぁ、ほっといたら被害が出るようなのでも、Bランクって言われてる魔物は結構いるから」

「兄さんがそう言うならお任せします」

「シャナルもやるんだぞ？」

「え……？」

珍しく困惑したシャナルを見られて満足したところで、一度帝都を出て近くの森を目指す。

「ちょ、ちょっと兄さん!?　私もってどういう……」

「Bランクの魔物を倒すためにはどうしたらいいと思う？」

「そりゃ……相手より強くなるしかないんじゃないですか？」

「そう。で、テイマーの強さは……」

「まさか兄さん、私にも道中でBランク以上の魔物をテイムさせる気ですか!?」

「できるだろ？」

「兄さんと一緒にしないでください！　そんな簡単じゃないですからね!?」

「でも、シャナルならできるから」

「っ！　……もう！　わかりました！　やればいいんでしょう！」

今回はたまたま二人で出てこられたが、最近のことを思うと俺が傍にいられないことも増えそうだし、かといってシャナルはずっと領地で大人しくしていられる性格でもないはずだ。

だったら身を守るすべは、身につけられるときに身につけておいてもらいたい。

「ヴィートに周辺を見てもらいながら、ちょうどいい子を見つけよう」

「もうやってます。帝都を出たら東の森へ向かいましょう」

「さすが」

頼れる妹に先導を任せて、森を目指して歩いて行った。

「はぁ……はぁ……」

森に入って数時間。

シャナルが息を切らしながら対面しているのは、鳥型の巨大な魔物だった。このサイズになるともう、竜に近いかもしれない。

「テイム……！」

「キュルァアアアアア！」

「くぅっ……」

何度目かのテイム。

テイムは交渉術のようなイメージだ。相手の求めるものを引き出して、用意して、契約にこぎつける。

そしてそのたびに使用者の魔力を、そして精神力を削り取っていく。

「大丈夫か？」

「はぁ……はい……まだ……」

かなり消耗しているがまだ何とかなる範囲。本人も諦めていないし、このまま頑張らせよう。

テイムするにあたって、まず大事になるのが、相手が何を求めているかという部分だ。

これは魔物のことをよく調べて知識で対応することもできれば、テイムのスキルを使って情報を引き出すこともできる。

シャナルは相棒がヴィートで鳥に関しての知識と技術に自信があるということで、この魔物を選んだわけだ。

「どうだ？　聞けたか？」

「な、何とか……ですが聞くだけでこんなに苦戦していてテイムなんてできるんでしょうか」

「敵意もなくて逃げもしない相手なんだ。何とかなるんじゃないか？」

「それが不思議だったんですが、その理由もようやく聞けました……。子どもを守っていたから移動できなかったんですね。兄さんはこれ、全部最初からわかってたんですか？」

「なんとなくはな」

野生の魔物の行動パターンは結構わかりやすい。

襲う、戦う、逃げる。

だというのに最初から人が近づいてきても動かなかったのは、動けない理由があるというわけだ。

「ヴィートからでも肉眼でも子どもなんて全く見えなかったですし、私が脅威じゃなさすぎただけかと思ってました」

「まあそういうこともあり得たけどな。で、テイムの条件は？」

「子どもを含めて全員の安全、というのが条件ですが……そうなると私の今の力では納得させられなさそうで……」

「なるほどな……交渉次第じゃないか？　それは」

「交渉次第……？」

「今回こっちが頼みたいのはそいつより弱い個体の討伐だけだ。それについてはむしろその魔物のほうが相手のことをよく知っているから、例えば狩りの対象になるような相手ならそこまで負担にならないはずだろう」

「……」

シャナルが何か考え込む。

「どうした？」

「いえ。兄さんって力ずくでテイムしているようで、結構考えていたんだなと」

「お前……」

「ふふ。冗談です。そうですね。確かに相手の負担にならない範囲なら、子どもたちの面倒は領地に来てもらえばいいわけですし」

「そういうことだ」

「やってみます」

もう一度あの魔物に向き合うシャナル。

目をつむって集中して……。

「テイム」

「キュルゥウウウ」

先ほどまでの威嚇ではない鳴き声で、答えが返ってきていた。

「やった！　あれ……？」

「っと……何回もやったから疲れたんだろうな」

ふらついて倒れ込んできたシャナルを支える。

「すみません……」

「気にしないでいい。それより……」

二人でテイムしたばかりの鳥の魔物に視線を送る。

「これだけ懐いたなら心配なさそうだな」

「ふふ……ありがとう。オリーブ」

「オリーブ?」

「はい。名づけも契約の条件でしたから。こら、くすぐったいじゃないですか」

頭をすり寄せてくるオリーブを撫でながらシャナルが笑う。

「このサイズなら乗れるかもしれないな」

「そうですね。今回の目的を果たしたあと相談してみます」

何はともあれ無事、Aランク超級の魔物のテイムが完了した。

「そういえば、兄さんは何をテイムするんですか?」

「ああ、通り道にいたワイバーンを何体かテイムしておいた。今頃何匹か用意してると思うぞ」

「……」

ジト目でこちらを見つめるシャナル。

「なんだよ」

何となく言わんとすることはわかるけど……。

「さっき力ずくではないかもしれないって言いましたが、訂正《ていせい》します」

「いやいや……」

「普通は！　ワイバーンなんて！　一匹テイムするだけでも大変なんですよ！」

「おお……」

「それを何体かってあっさりと……しかも私、道中でワイバーンなんて見なかったですよ!?　見えない距離までテイムできるってどういう力なんですか……」

　珍しく興奮《こうふん》して声を荒らげるシャナル。

　たまにこうして二人で出かけるといろんな面が見られていいかもしれない。

「兄さん、露骨《ろこつ》に別のことを考えないでください」

「まぁ、とりあえず無事戦力が増えたからよかっただろ？　シャナルの分もいくぞ」

「もうこれ……私要《い》らなかったじゃないですか。絶対」

「そんなことないから、ほら」

「んっ……もう……」

　頭を撫でてなだめる。ちょっと怒られるかと思ったが、意外にもこれで大人しくなってくれたようだった。

◇

「お？　ひょろい兄ちゃんたちが帰ってきやがった！」

ギルドに入って早々酔っ払いに絡まれる。受付に行くまでに酒場を通り抜けないといけない構造はなんとかならないのか……。

「新人が調子乗った依頼を受けたみてぇだが無傷なとこを見ると逃げ帰ってきたってわけか」

「がはは！　諦めるのが早いんじゃねえかぁ？」

とりあえず無視して受付まで歩こう。

「いらっしゃいま――あ、先ほどの」

「依頼が終わったんだけど、納品ってここでいいのか？」

「え？　もうですか……？」

驚く受付の女性。後ろからまた笑い声が聞こえてくる。

「ぎゃはは！　嘘はよくねえぞひよっこ！　ギルドはその辺厳しいからなぁ？」

「どうせスライムでも連れてきたんだろ？　だめだぞー？　そんな雑魚であの依頼は達成できねえからな」

「えっと……納品物はどちらに？」

野次を苦笑いで受け流しながらギルド職員が尋ねてくる。

「ここで出すには狭いと思うけど、どこか場所はあるか？」

「なんだぁ？　場所がねえならほれ！　ここに落としてみろや！」

ぽんぽんと自分の膨れた腹を叩いて挑発してくる冒険者。

「ぎゃはは！」

「念のため確認するけど、あっちに出してもいいか？」

「え？　えっと……」

「いいぞいいぞ！　やれやれ！」

「ぎゃっはっは！」

もう一度確認の意味で受付の女性の目を見ると……。

「まぁ、ああ言っているので……」

「なら……【召喚】」

――ドンッ

「ぎゃははは――は？」

「なっ……これ、ワイバーンじゃねえか！」

「しかも何体いるんだ⁉」

驚く酔っ払いを尻目(しりめ)にシャナルが聞いてくる。

「あれ？　この子たち、テイムした子じゃ？」

「いや、縄張り(なわば)争いしてた相手らしい」

「テイムした子も見なかったですし、終始手ぶらだったのにいつの間に……」

「死んでても一応召喚(しょうかん)対象らしいな」

「お、おい！　いいからとっととこいつらどけろ！　くるし……」

ワイバーンたちに埋もれた酔っ払いが叫ぶ。

「お前らがそこに出せって言ったんだろう。ギルドが回収するまで待ってろ」

「はぁっ⁉　ふざけんなてめぇ！　調子に乗ってっとそっちの嬢ちゃんを――ひぃっ⁉」

「俺はいいけどシャナルには手を出すな」

生きている方のワイバーンを召喚(サモン)する。

ギルドの天井が高くて助かった。

「わ、わかった……悪かったからそれをしまってくれ！」

テイムしたほうのワイバーンを出しただけでこの状況だと、なんでここまで挑発できたのか不思議だな……。

ひとまずようやく静かになったので、改めてギルドに納品する手続きを進める。

「あれで大丈夫か？」

「か、確認いたします！」

「シャナルの分は外だったよな？」

「はい。持ち込ませても？」

「どうだ？」

「え？　えっと……そうですね、では持ってきていただけたら……」

シャナルは召喚に慣れていないので直接オリーブが持ち込む形になる。

シャナルが一度入り口に歩いていって扉を開けると……。

「ひっ!?　なんだなんだ!?」

「テイムした魔物ですからご心配なく」

酒場を抜けて、オリーブがギルド内を闊歩する。嘴に魔獣を咥えて。

「あの……お二人ってもしかして、どこかで冒険者のご経験が……？　それもかなり高名な……」

「あー……この国では初めてだから」

旅人として入国した手前、適当に誤魔化しておこう。

「失礼しました！　他国のギルドでも登録情報を統一することもできますが……」

「いや、ここはここで作らせてくれ」

「かしこまりました！　ひ、ひとまずマスターをお呼びするのでここでお待ちを……！」

「え？　そんなおおごとにしないでも……」

「少々お待ちくださいー！」

慌てた様子で受付係の女性が奥に走っていった。

「だから言ったじゃないですか。ワイバーンをこの数はやりすぎですと」

「ワイバーンってBランクだろ？」

「群れ単位ならAの上位です」

「あー……」

「はぁ……こんなに目立ってよかったんですか？」

「それはまぁ……なんとかなるだろ」

多分……。

まぁちょっとよくはないかもしれないけど……。

「お待たせしました！　奥のお部屋にどうぞ！」

「あー……」

やっぱり少し、目立ちすぎたかもしれなかった。

# ギルドマスター

「長らく頭を悩ませていた依頼の達成、感謝する」

ギルドの奥にある応接間に入るなり身なりの良い老人が頭を下げてきた。

ギルドマスターのウィレンというらしい。

年上で地位も高い相手が頭を下げてくる状況にどこかそわそわしてしまうが……とにかく話を進めよう。

「そんなに困ってたのか？」

「恥（は）ずかしながら帝都のギルドは少々、レベルが下がっておってな……。もはや上位の依頼をこなせるものがおらんかったのだ」

「それでよく回ってたな……」

「誤魔化（ごまか）し誤魔化しな。外部から運び込まれるものを買い取って納品すれば、実力がなくともランクは上がる」

「それで死体にはビビらなかったのに生きたのを見たらあの反応だったわけか……」

ワイバーンは確かに買おうと思えば買えるかもしれないな。

「そういうわけだ。今回は助かった。ワイバーンでもこれだけの数と質なら満足させられる。なにより市場では見られない魔獣、依頼主も喜ぶだろう」

それについてはシャナルの功績だ。

無駄じゃなかっただろうと目で訴えかけると、ツンと目をそらしながらも少し誇らしそうにしていた。

「それはよかったけど、こんなもの誰が欲しがるんだ？」

「手に入りにくいというだけで、欲しがるものがいるということだ。依頼主は大商人。今回の報告をすれば当然、二人に直接の依頼もしたいと申し出ると思うが、いかがかな？」

「ギルドはそれでいいのか？」

ギルドは依頼主と冒険者の間に立つことで、その仲介費用を手に入れる仕組みのはずだ。そこを直接つなぐというのは、自分たちの稼ぎを放棄するということに他ならない。

「よいよい。上客には礼をしたいからな。むしろつないでよいなら助かる」

「そうなのか」

「ああ、この紹介がまた新たな仕事を生み出す。そしてな、もう一つ言うならば、ギルドの目的は営利ではない。国から補助金も出るのだ。気にするでない」

「ならつないでもらえるとこちらも助かるな。いつ頃になる？」

「ちょうど明日会う予定だった。時間を合わせてまたここでよいかな？」

「わかった」

お互い利害が一致した。

いずれにしても俺たちは商人にアクセスしたかったし、狙い通りと言えば狙い通りだろう。

これでエルフの情報を聞き出しやすくなる。

「では、今回の報酬がこれだ。加えてギルドカード。ひとまずBランクとさせてもらったが、二人がここを拠点に動くならすぐに上がるだろう」

「そんなあっさり……？」

「さっき言った通りでな。久しくいなかった上位冒険者なのだ。こちらとしてもなるべく便宜をはかりたい」

事情はなんとなくわかった。ただちょっと役には立てなそうだが。

「悪いけど長居はしないぞ？」

「まぁそうであろうな……旅のものが長くいる町ではもうなくなっておろう……」

心底悲しそうな表情を浮かべるギルドマスターウィレン。

せっかくだからここでも情報収集しておくか。

同じ意図を持ったであろうシャナルが目配せをしてきたので頷く。

続きはシャナルに任せてみるか。

「昔は違ったんですか？」

「ん？　あぁ、人間至上主義は変わらずだが、ここまでではなかった。十年前のギルドには獣人の旅人も来ておったからな」

「意外です……」

「そうであろう。当然大通り以外も最低限の治安が維持されておった。ところが、それが十年前からじわじわと変わっていった」

十年前……。俺の記憶が確かなら、ゼーレス王家の長女、アリアがこの国に来た頃だ。

どこまで関連しているかはわからないが……。

「市民としては、人間しかいない町。そして力を持っていても亜人たちは奴隷に、という文化がここまで来ると確かに、ギルドは上がったりか」

「外では口が裂けても言えぬがな。宮廷以外では不便なことのほうが多いであろうな」

ずいぶん踏み込んできたな……。

そのくらい不満が溜まってるというわけか。

「ちなみに明日会う商人は？」

「こちら側であろう。もともと帝都の人間というわけでもない」

「わかった」

直接エルフの件に関わってはいないようだが、逆に情報は集めやすいかもしれないな。

ひとまず今日は解散ということで、改めて明日集まることになったのだった。

「お疲れさまでした。兄さん」

「シャナルもお疲れ」

帝都で宿を取ってようやく人心地ついた。

今日テイムした子たちは近くの森に待機してもらって、宿には俺たちだけだ。

「本当に疲れました……ですが、ありがとうございます」

「何がだ？」

「別に兄さんだけでも何とでもなったのに、わざわざ私の面倒まで見てくれたじゃないですか」

「そんな大げさな話じゃないだろ」

「そんなことありません。私が兄さんからテイムのことを教わる機会なんて、ほとんどなかったんですよ?」

「あーそういえば……」

俺は仕事を始めてからはほとんど宮廷にいたし、逆にそれまでは父さんもいたからな。

シャナルとこんな風にゆっくり話をできる機会なんてなかった。

「そう考えると、宮廷を追い出されたのも悪くなかったかもな」

「もう宮廷も何もなくなっちゃいましたし、めちゃくちゃしてますけどね」

「ぐ……」

「ふふ」

シャナルが柔らかく笑う。

「連れてきてくれて、ありがとうございます」

「こちらこそ。ついてきてくれてありがとう」

本当に、ずっとそうだ。

宮廷を追い出されてすぐ、俺を切り離してしまうことだって一応、できなくはなかったわけだ。

それでもこうして一緒にいてくれて、俺がいない間の領地のことも任せきりで、本当に頭が上がらない、よくできた妹だった。

「明日からも頼りにしてるぞ」

「こちらのセリフですが……できる限り頑張ります」

「ああ」

そんなこんなで、本当に久しぶりに、ゆっくりシャナルと話をして、眠りについたのだった。


次の日。

「あれ？」

「ん……兄さん……？　兄さん!?」

ガバッと起き上がるシャナル。

「ど、どうしてここに兄さんが!?」

「いつの間にかシャナルが布団に入ってきてたな……」

「ふぇ……」

こんなシャナル初めて見たな……。

寝ぼけた表情のまま、それでも顔を赤くして焦るシャナル。

貴重な光景だ。

「って！　そうだとしても！　どうして兄さんはそんなに冷静なんですか！」

「いや、一緒に寝てた時もあったしな」

「いつの話ですか！　と、とにかく！　今日のことはその……忘れて下さい！　兄さんのばかあぁぁあああ！」

叫び声とともにベッドを飛び出していくシャナル。

昨日は久しぶりに打ち解けたと思ったんだが、難しい妹だった。

# 依頼主の素顔

「はじめまして。ユキア様、シャナル様」

待ち合わせ通りギルドの応接間にはすでに待ち人がいた。

隣にはギルドマスターの姿も見える。

「今回の依頼主だったメルシア殿だ」

「メルシアです。改めてよろしくお願いします」

不思議なオーラをまとった女性だった。

目が閉じているようで目線が合わないが、それでもあらゆるものを見透かされるような錯覚(さっかく)を覚える。

身なりもきらびやかではないのに、その上品なふるまいのおかげか高貴さを感じる。長かった宮廷生活でもここまでのオーラを放つ相手はなかなか見られなかった。

「こちらこそ」

「よろしくお願いします」

握手をして腰を下ろしたが、本当にただの商人とは思えない。

少し慎重に話をしよう。

「この度は誠にありがとうございました。質、数とも申し分ない納品をしていただいたので、どのような方かと楽しみにしておりました」

「こちらも会えて嬉しいよ」

「光栄です」

メルシアが微笑む。

隣に座っていたシャナルが一瞬魅了されるほど柔らかく美しい笑みだった。

もう相手のペースに呑まれつつある。本題に入るとしよう。

「単刀直入に聞くけど、今回俺たちと会ってくれた理由は何なんだ？」

表向きは上位の冒険者とのパイプづくりや直接の依頼のためだが、それだけではない雰囲気がある。

すぐにメルシアの表情が変わった。

「流石はユキア様。実は折り入ってご相談したいことがございました」

メルシアの言葉を聞いたギルドマスターウィレンが立ち上がる。

「しばし席を外そう。ここより密談に向いた場所はなかろうて」

「お心遣い恐れ入ります」

ウィレンを見送って、改めてメルシアのほうに向き直る。

「いいのか？　席を立ってもここはギルドの施設だろう？」

「そうですね。一応警戒はして話をしますが、私の探知に引っかかる盗聴、盗撮の類はございませんので、ある程度は踏み込めるかと。それに、このギルドはおそらく、大丈夫です。もちろん、ある程度までは、ですが」

昨日のウィレンとの会話を考えれば確かにそうかもしれない。

そしてメルシアには第一印象からただ者ではないオーラがある。レイリックのような王の風格ではないが、高貴な印象。

それに加えて、ここに来てロビンさんやムルトさんに近い、仕事人のオーラもまとってきた。

本当に何者か気になってきたな。

ギルドがどれだけ信頼できるかはわからないにしても、メルシアが言うのならまぁ、ひとまず同じラインに立って話をするとしよう。

「なら……」

「はい。疑問に感じられている部分を順にご説明いたしましょう。まず私は、あなた様の正体を知っております」

「やっぱり……」

「え？　大丈夫なんですか？　兄さん？」

「大丈夫じゃなかったらもうちょっと別の対応になってるさ。今こうして話してるんだから大丈夫ってことだろう」

「流石の懐の深さですね。ご心配には及びません。敵か味方かで言うならば、私はおそらく味方と言ってよいかと」

　シャナルがほっとした表情になる。

　二人でいるときはあまり表情を変えないと思っていたが、最近は意外と顔に出るというか、わかるようになったかもしれない。

　っと、今は話に集中しないとな。

「こちらの目的は知ってるのか？」

「いえ、正確には把握しきれておりません。ですが最近の帝都周辺の動向と、ユキア様のおかれたご状況を照らし合わせるに……エルフ、でしょうか」

「そこまでわかってるのか……」

「よかったです。それならばお役に立てることがありそうですので」

とんでもないな。

やはり何もかも見透かされているようだ。

「帝都の商人でここまで情報を統合できたのはおそらく、私だけでしょう。私はちょうどゼーレスの北からこちらにかけて行商しておりましたので、運の要素が大きいかと」

「運……。それだけじゃないように見えるけどな」

「いえいえ」

メルシアが笑う。

「そこまでわかったうえで俺たちに近づいてきたのは？」

「商人にとって新興国、それも勢いがある国とのパイプは喉から手が出るほど欲しいものですから。お二人とのつながりは商人としては非常にありがたいのです」

まずは商人として、ということか。

「それは多分、こちらにもメリットが大きいだろうな。うちには商人がいないから」

「ええ、ご期待に沿えるよう張り切らせていただければと」

領地に商人が行き来するようになれば自然と発展を促せる。というより、商人なしでは村としての集まりはともかく、都市としての機能まで発展しないわけだ。

「全部任せてもいいと思ってるけど、その規模で動けるか？」

「なんと……!?」

終始作り笑顔を浮かべていたメルシアが初めて素で驚いた表情を見せた。

「まさかここまでとは……ユキア様の懐の深さを甘く見ておりました。一応私自身は行商をしておりますが、商会も持っておりますので全力を尽くさせていただきます」

実際のところは、いくつもの業者と付き合うのが面倒だという思いが先行してるんだが、前向きに受け取られたならよしとしよう。

「細かい話はこっちのシャナルに頼む」

「えっ!?　兄さん!?」

「くっ……ふふ……。思った以上のお方でした。ユキア様、商売の部分でご一緒できることは全面的にユキア様とその国家に捧げることを誓いましょう」

どこかが琴線に触れたようで、メルシアの表情が柔らかくなる。俺も直感を信じて、メルシアに全部預けるとしよう。

「兄さん……」

「まぁ、任せた」

シャナルにはジト目で睨まれたが、まぁ、何とかしてくれるだろう。

「さて、じゃあ本題に戻ろう。うちがエルフと同盟関係なのは知っているよな?」

「一応は……ですがこうして言葉にされると驚きますね。どれだけの大国、強国でも成し得なかったことです」

「そう聞くとなんかすごそうだな」

「実際にすごいのです。ですがなるほど。今その確認をしたということは、エルフ奴隷の入荷に関わる話をお伝えしたほうがよろしいでしょうね」

「知ってるのか！」

「ええ。商人にとって情報は命です。特に他社の商品に関する情報は。私は奴隷は扱いませんが、ここではそれも合法ですので」

「商人を責めたいわけじゃない。問題はその前段階だ」

「そうでしょう。ですがこれについては、商人も、その裏の貴族も含め、すべてがつながる話になります」

「おおごとじゃないか……」

「はい。聞きますか？」

ニヤリと笑うメルシア。答えはわかっていると言わんばかりだ。

聞けば引き返せないが、たとえ聞かなかったとしても、もはや引き返せないだろう。

「頼む」

「ここから先はさすがに場所を移しましょうか。私の事務所に向かいましょう」

席を立ったメルシアが手際よく準備を進める。

ギルドマスターへの挨拶を済ませ、馬車の手配をしてすぐに動き出した。

「行商って言ってたけど、結構立派な店だな」

いや、そもそもギルドからは大商人と聞いていたか。

「厳密にいえば各国各地の商店の視察を兼ねて渡り歩いている、という状況です。個々の店についてはほとんど任せっきりですが」

「すごいな」

これが各地に、と考えるとやはり、相当な商人なんだろう。

「とはいえこのやり方は政治的には賢いとは言えません。たとえばスタール商会などは、この帝都周辺だけで二十の支店をもって民、貴族共に深くつながりを持っております」

「スタール……」

「ええ、帝都にはこういった商会がいくつもありまして……そのとりまとめ役がこの国の大臣なのです」

「あー……」

話がつながってくる。

「帝都の商会で息がかかっていないのは……？」

「外部に拠点を持つ数社でしょう。私を含め三つありますが、連携は望みにくいかと……」

まぁ確かに、帝都への影響力はともかく、国外に拠点があるような大商人はそれぞれライバル関係。連携が難しいのは仕方ない。

「じゃあメルシアが頼みだな」

「そんなあっさりと……何とか頑張らせていただきますが」

「兄さんも無茶ぶりを躊躇いなくするようになりましたね」

シャナルが言う。

俺がレイリックに似てきたみたいで嫌だな……。

ひとまず突っ込まずに話題を進めよう。

「とにかく相手は商会とその裏……か」

「ええ。エルフを仕入れたのは先ほど名前を挙げたスタールの手の者であるとはわかっておりますが、スタールがそのまま商品として保持しているとは考えにくいです」

「だろうな」

目立ちすぎる。

そして客を捕まえられるかもわからないだろう。

「となると、裏にいる大臣に当たらないといけないわけか」

「はい。シルブル軍務卿。帝都の騎士団を動かす権限を持っております。騎士団は警備も担当しますから、闇の商売を取り締まるのもシルブル次第。闇、と言ってもこの国で奴隷商は合法ですが、他国から人を攫ってきては国際問題です。それでも問題なし、と考えているのがこの軍務卿になります」

「うわぁ……」

そう考えるとこれは……。

「戦争ってことか」

「まぁ、そうなることは覚悟していたじゃないですか。むしろ外務卿が出てこなかっただけよしとしましょう」

「そうなると連合戦力が相手だったもんな」

現時点でもまだ安心しきれないものの、確定路線でないのは救いかもしれない。

「お二人ともこの情報を聞いて全く動じないとは……私としてはそれなりの覚悟を持ってお伝

えしたのですが……」

「逆にメルシアは、そこまでする理由があるのか？」

「それは……お話ししなければいけないでしょうね」

わざわざ俺たちのことを知ったうえでアプローチをかけてきたのだ。

おおよその事情も、こうなることもわかったうえで。

だとしたら……。

「生まれ故郷は小さな小さな国でした。今はもうありません」

「そんな……」

シャナルが声をあげるが、すぐに口を押えて続きを待つ。

「ユキア様は最初からお気づきのようでしたが、私は人間ではありません」

「ああ。さすがに種族まではわからなかったけど」

「それは仕方ないでしょう。歴史から抹消（まっしょう）された種族です」

「歴史から……？」

「ええ。本来の姿はこの場ではお見せできませんが、これを」

そう言いながらメルシアが立ち上がる。

それと同時にメルシアの姿が少しだけ変わった、というより、パーツが増えた。

背中から翼。頭に角。そして立派な鱗を持つ尻尾。

答えはシャナルの口から放たれた。

「竜人族……」

確かに竜人は幻の存在だ。エルフと違い、存在を確認した人間がいない。正確に言うともう、生きていない。

「寿命の差があるとはいえ、人間の間じゃもう伝説化されてるな」

「ユキア様ならご存じでしょうが、ほとんどの同胞は休眠状態にあります。国としてまとまって行動するほどの数はもうおりませんが、それでもこうしてほそぼそ活動を続けている者がいるのです」

「そうだったのか」

ミリアが鬼人族と交渉するときにもう一つの相手に考えていたのがこの竜人族だったはずだ。王家には情報が残されていたらしいが、メルシアの話からすると、そちらから当たらなかったのは運が良かったということになる。

行ってもいなかったわけだからな。

人間に伝わるイメージとしてはプライドが高く宝石類に目がない、というものだが、目の前にいるメルシアにその要素は見受けられない。

落ち着き払った美女、という印象が強いけど……そのうちそのあたりも機会があったら聞いてみるか。

「竜人（ドラゴニュート）族の国はいくつかありましたが、その半数以上を滅ぼしたのがこの帝国……今の軍務卿は竜人（ドラゴニュート）族を滅ぼした功績により成り上がった家のものです」

「……なるほど」

今となっては神格化された竜人（ドラゴニュート）も、当時は領地を争う敵国だったか……あるいは一方的な侵略だったか……。

メルシアの表情、そして帝国の在（あ）り方を考えるに、後者の可能性が高いように感じるな……。

「この帝国領にはもともと竜人（ドラゴニュート）族のものだった場所もあります。人間からはイメージするのが難しいものと思いますが、恨（うら）みは一族、ひいてはこの国自体に」

「親が憎（にく）ければ子も憎いのはわかるけどな」

「そう言っていただけると……ですがそれだけではありません。私の国は直近まで存続していたのです」

俺より先にシャナルが反応した。

「え……？　じゃあ……」

「はい。私の知る限り最後の竜人（ドラゴニュート）族の国、私の故郷を滅ぼしたのが、この国の軍務卿、シルブルです」

ようやくいろいろとつながってきた。

ここまでの話、そしてメルシアの居住まいを考えると、メルシアはその小国の王の血筋と考えられる。

そのうえで俺たちに接触してきたということは、軍務卿――つまりこの国と争うつもりでいるんだろう。

「一応確認するけど、エルフの件は……」

「誓いましょう。私の利益のためではなく、エルフの国々が今回の件を知れば、いずれにしても争いにはなっていたかと」

確認しておく必要がある部分を正確に読み取ったメルシアが即答する。

彼女の言葉を信頼するしかないが、竜人族（ドラゴニュート）にとって約束事の重みは人間のそれとは異なることは、これまでのやり取りで十分伝わっている。

「なら決まりだ」

どうせ行き着くところは戦争だった。その理由が一つ増えただけ。

「ありがとうございます。私からは情報と軍資金と……戦闘参加を」

「戦闘……戦えるのか？」

「ええ。人間で言うAランク以上の魔力はあるかと」

「すごいな」

　一般の兵士百人でBランクと言われていたはずだ。Aということは千人規模の戦力ということになる。本格的な戦争ということになればかなりの戦力だろう。

　というか……。

「竜体になれるのか？」

「そうですね。そうなればランクの計算は意味がないかと」

　意味がないランク。測定不可能の最上位ランク、S。

　逆にSランクの基準にされるのが竜だ。通常の竜ではなく、竜人（ドラゴニュート）族の竜体は、竜の身体（からだ）に亜人（あじん）としての知能まで兼（か）ね備えている。

　Sで収まる次元ではなくなるだろう。

「それに、噂（うわさ）で聞いています。ユキア様のテイムを受ければさらに、と」

「え？」

「どうですか？　竜人（ドラゴニュート）は」

「いや……」

「どうせすでにエルフの王もテイムしているのでしょう？　竜もたくさんいると聞いています」

「そういう問題じゃないだろう!?」

いきなりグイグイ来られて戸惑う。

確かにレイリックのことを考えると今更ではあるんだが……。

「兄さん。さすがに女性相手には……」

「ああ、それだ」

何か引っかかると思ってたんだ。

「ご心配なく。竜人族の心理障壁を考えればテイムを受けていたとしても好き放題というわけではないはずです。それに、私はこの目的のためなら、我が身を捧げる覚悟です」

目が本気だ。

そしてなぜかシャナルにジト目で睨まれてしまう。

ここは……。

「ええっと……一旦保留にしよう。テイムすれば確かにお互いの能力は上がるけど、今すぐじゃなくていいだろう」

「なるほど。仕方ありません」

メルシアがまた微笑む。

もてあそばれているというか、手玉に取られている感があるな……。

　こちらの葛藤(かっとう)をよそに、メルシアの表情はもう真剣なものに戻っていた。

「本題に戻ると、今回の敵は軍務卿シルブル。当然、帝国との戦争を視野に入れた作戦です。エルフの協力は必要ですが、攫われた同胞の身柄確保も必要でしょう。その情報は私が集めてまいります」

「助かる」

　だとしたらやることは……。

「俺たちは一度領地に戻る。エルフとの連携と、こちらの軍事力を確認しないといけないだろう」

「助かります。ですがもう一つ、ユキア様にお願いしたいことがございます」

「お願い……？」

「はい。戦力に関わる部分です」

「戦力に……？　聞こう」

　帝国という強大な国家を相手にするのだ。戦力は多ければ多いほどいい。

「先ほど申し上げた通り竜人族(ドラゴニュート)は国としては滅びていますが、個々の同胞は休眠している者が多いのです。人間との争いで弱った者、その影響で生活がままならなくなった者など様々ですが、一番の理由は別にあります」

「別に……？」

「竜人族の国々をまとめていた神が眠りについたことです」

「神……あ……」

「兄さん、何か知ってるんですか？」

「いや、霊亀、鳳凰とテイムしてほかのやつらのことも気になってたんだ。そのとき軽く調べたんだけど、青龍は休眠状態だったなと」

「その青龍様です。神格化していた竜人が多く、眠りについたときに、それに合わせて多くの竜人たちが追いかけました」

竜人族のこともよくわからないが、そうなると青龍について考えないといけないか……。

「要するに、青龍が起きれば他の竜人族も起きるってことか」

「そうですね。正確な数こそわかりませんが……」

竜人はさっき確認したように一人で相当大きな戦力だ。

一万の兵に匹敵する可能性を秘めているのだから、これは結構重要な問題だった。

「青龍が眠った理由はわかっているのか？」

想像できることはあるが、明確な理由まで踏み込めるならその方が話が早いと思ったが……。

「我々にはわからず……それゆえ追いかける者が増えたという状況です」

「あー……」

　確かに原因がはっきりわかっていればなんとかしようとするか。

「ユキア様。ユキア様なら、青龍様を目覚めさせることもできるかと」

「……ここまで霊亀、鳳凰ときたわけだから、できないとは言わない。でもその場合、神様をいきなり取られた竜人族は敵にならないのか？」

「まさか。神の上に立つお方と崇め奉られることにはなりますが」

「そっちか……」

　それはそれでややこしい気もするけど……。

「まあわかった。一度領地に戻った後で青龍のところにも行ってみることにする」

　目的は決まった。

　メルシアは情報収集を商会の人間に頼んだうえでついてきたいということだったので、商店の人間と商品も合わせての移動となったのだった。

「先にレイリックには使いを出しておくか」

　さすがにそろそろ戻ってると思うし、戻っていないならそれはそれで連絡しておきたい。

「レイリック様というと……ユグドルの王ですね」

「ああ。その辺で適当な鳥をテイムして手紙を届ける」

「流石といいますか……シャナル様、一応確認したいのですが、これはテイマーとして普通なんでしょうか」

「普通のテイマーは一度テイムしたパートナーとともに過ごすものなので……」

「ですよね。よかったです。私の常識がついていけなくなっているのかと」

二人していろいろ言ってるけど……。

「レイリックと会ったらあっちのほうがめちゃくちゃだと思うぞ」

「どっちもどっちです、兄さん」

「え……」

地味にショックだった……。

「ここがユキア様の国……」

メルシアが目を丸くして驚く。

まぁ確かに珍しいだろう、これだけいろいろな種族が一緒に生活しているのは。

俺が見ても違和感というか、不思議な気持ちになるからな。

「いや、俺がいない間にちょっと増えてないかこれ……」

「あ、兄貴！　おかえりなさい！」

ちょうどいいところにアドリがやってくる。エリンも一緒だ。

レイリックはいればすぐに顔を出しただろうから、いないということは何か用があったと見える。

ミリアは……仕事か。

それはそうと、明らかに俺がいた時よりエルフの数が増えてる。それだけじゃない。ドワーフも、獣人(じゅうじん)も。それもただの移民ではないだろう。

「アドリ。俺がいない間のこと、教えてくれるか？」

ただの移民ではないと判断した理由はその身なりからだ。

多分だけど、各国から客や要人が来ている。

「それはエリン姉さんからのほうがいいっすね！　さみしそうでしたし！」

「っ!?」

後ろについてきていたエリンが一気に真っ赤になった。

アドリ……。

「それならエリンに聞こうか。移動しよう」

「あう……」

すぐにはしゃべれなそうなエリンを連れて、いつもの執務室へ向かったのだった。

◇

「あ、おかえりなさい。ごめんなさいちょっと手が離せなくて……って、またお客さんが増えてる!?」

「いや、むしろごめん……」

どう考えても俺の仕事が押しつけられて忙しいミリアに謝られて申し訳なくなる。

「兄さんが反省してる……」

「そんな驚くことか？」

シャナルが目を見開いて驚いていた。

「今はその話より挨拶を……！」

「ああそうだった」

ミリアがパタパタとこちらにやってくる。

「ご挨拶遅れて申し訳ありません。ミリアといいます」

「メルシアです。お噂はかねがね……よろしくお願いします」

「お噂……？」

「ええ。ユキア様の婚約者、でしたよね？」

「!?」

ほとんど全員の視線がなぜか俺に突き刺さる。

「メルシアも冗談を言うんだな」

「この場合冗談を言っているのはユキア様でしょう。対外的にそうせざるを得ないではないですか」

「それは……」

確かにゼーレスを任せたうえでこの領地でも仕事をしてもらってというずぶずぶな状況を解消するにはそうなのかもしれないけど……。

「ふふ。まあ今は良いでしょう。ミリア様も失礼いたしました」

「いえ……あの……どこかでお会いしたことが？」

「っ！　よくわかりましたね？」

「あれ？　そうなのか？」

メルシアとミリアに接点が……？　同じ王家の人間ではあるが、ゼーレスは竜人（ドラゴニュート）の国と国交はなかったはずだ。

だとしたら……。

「姿が違ったのですが……よくお気づきに」

「竜の時ってことか」

「はい」

「えっ!?　竜の時って……」

ミリアが驚く番になる。

「この地ではもはや珍しくもないでしょうが、私も亜人。竜の血を継いだものです」

「竜の……じゃあやっぱり、あのときに！」

「はい。あのときは大変お世話になりました」

「こちらこそ！」

「何があったんだ？」

「私が護衛もつけずに森を探索していたときに怪我をしていた竜を治療したのです。パトラが一緒だったので」

「なるほどな」

白竜のパトラは白魔法が使える。簡易な回復魔法も含めて。

「とはいえ、あんな立派な竜でしたから、私たちの回復魔法程度で何か変わるのかと思いましたが……」

「いや、本当に助かりました」

「ならよかったです。お礼と言って渡されたものが立派すぎて戸惑っていたので……」

「何をもらったんだ？」

「宝物庫にあった大きな宝石です。一番奥に飾られている」

「あれか!?」

人一人分くらいの大きさがあるものが置いてあったのを思い出す。

「あれのおかげでしばらく宮廷でも私を責めにくくなったようで、助けられていました」

「お役に立てたならなによりです」

こんな形で思わぬ再会を果たした二人。

どこでつながってるかわからないものだな……。

「あう……えっと……」

「ああ、エリンも紹介しないと」

メルシアがアドリやエリンとも改めて挨拶を交わして、ようやく俺も腰を落ち着けた。

ミリアはすぐに仕事に戻り、シャナルもすぐミリアのほうに行って書類を半分受け取っているあたり、さすがと言うか、申し訳ないというか……。

そんな考えを読み取ったのか、二人してこんなことを言う。

「気にしないでください。私はユキアさんに救われたんですからできることをしたいです。結構これ、楽しいんですよ?」

「そうですね。そう思ってないとやっていられないというのもありますが……まぁ兄さんは気にせず動いてもらって大丈夫です。そろそろ慣れてきましたし」

お言葉に甘え続けるしかないのでとりあえず今度ちゃんとお礼をしよう……。

「あう……私は……」

「エリンは兄さんに説明をお願いします。私もこっちで聞きながら作業をするので」

そんな話をしている間に、実は客であるメルシアはもうすでに席に着いてもてなしを受けていた。

ロビンさんが鍛えたゴブリンたち執事部隊の仕事ぶりは相変わらず完璧だった。

「改めてとんでもない場所ですね」

「これに関しては俺も驚いてるんだけどな……」

自分の領地ということに一応なっているんだけど自信が持てないな。今も状況すら把握できてないわけだし……。

「じゃあ悪いんだけど状況を聞いておきたい。エリン」

「はう……えっと……私が戻ったときにはもう、いろんな国の人がやってきてて……そのあとも増えて……ミリアさんが対応してくれていたんですが、待ってもいいから一度ユキアさんに会いたいという方が多くて……」

「そうだったのか。悪いことしたな」

エリンと俺は一緒に戻ってきてたからそのときからいたわけか。

「気づかなかった」

「仕方ないでしょう、あの時は皆さんそれぞれ観光を楽しまれていましたから」

ミリアが作業をしながら補足してくれる。

「観光……？　待たせてたかと思ってたんだけど……」

「あう……いえ、待たせたというより……ここのことを気に入って……その……」

「物好きだな……」

「そうじゃないとこんなところに来ないでしょう、兄さん」

「こんなところって……」

まぁ、こんなところか。

「ミリア、ありがと。じゃあ今やってるのは……」

「はい。先方が持ってきた国交に関わる書面です。内容の確認とこちらからの提案をまとめて各国とのつながりにしていければと」

「助かる」

俺も宮廷で書類仕事はしていたとはいえ、あの手の話は慣れていないと事故が起こるからな……。

「エリンもありがとう。見てる限り獣人とドワーフの国が増えてたけど、他には？」

「はう……えっと……砂漠の王、山間の民、海から来た強国……いろんなところが……」

「大変だっただろ……」

「あう……」

ミリアがいたとはいえエリンに外交関係の話は辛そうだ。その分、裏方で頑張ってくれてるんだけど本人はいろいろ気にしてそうだな……。

エリンのフォローもしたいが、もう一つ確認することがある。

「それはそうと、レイリックはどこに行ったんだ？」

ムルトさんの気配もないあたり、俺の手紙が先に届いて行動に移ったんだろうけど、どこに行ったかわからないと連携が難しい。

「えと……また国に戻って……戦力を整えるって……」

「なるほど。じゃあ一度は帰ってきてたのか」

となると俺の手紙を見ての判断ということになるな。

ユグドル以外のエルフ国とどのくらい連携するかはわからないけど、そっちのことは任せるか。

ユグドルが動いただけで十分な戦力であることは間違いないしな。

「じゃあこっちからの情報だな……」

メルシアから聞いた情報を伝えながら、今後の動き方を考えることになった。

エルフを攫(さら)ったのはスタール商会。だがスタールだけを押さえてもどうしようもなく、その裏にいる軍務卿、シルブルを押えないといけない。

軍務卿と敵対するということはほとんどそのまま帝国の軍を相手しないといけないわけで、そのためにレイリックはユグドルへ、そして……。

「こっちも軍を組織しないとだな」

そう口にした次の瞬間には、ロビンさんが背後に立っていた。

「現状の戦力はこちらに」

「いつの間に……」

いろいろ突っ込みたそうなメルシアがいたがとりあえず言葉を呑(の)み込んでくれたようだった。

「ゴブリン、オーク、トロールたちでかなりの数だな……」

「はい。見込みのあるものは将校として動けるようにしております」

「流石(さすが)だな……」

ロビンさんの話によれば千人程度ならまとめられるオークジェネラルやゴブリンキングといった上位種も存在するという。

千単位のまとまりが十以上。とんでもない数だ。

「ゼーレス王国も位置関係的に戦わざるを得ないでしょう。特に南の辺境伯(へんきょうはく)は戦地に巻き込まれるので、八千程度の兵は揃うかと」

「あう……ユグドルは……数はいませんが……五百名の集団でも、森の中でなら負けません」

「竜人族はこれからの動き次第ですが、一人で千を相手取れる戦力がうまくいけば十近く、でしょうか」

「これらに加えてドワーフからも加勢が。さらに鬼人族は魔獣の指揮を含め全軍の指令を任せられるかと」

各々とんでもない情報がバンバン出てきて頭がついて行かない……。

「とはいえ、そもそも兄さん一人で今まで上げた戦力をひっくり返せますよね」

「それはそうですな」

「いやいや……え？」

確かに神獣の存在は大きいかもしれないけど、いくら何でも言いすぎだと思ったが……。

「青龍様と同等の力を持つ神獣を二体も従えていると考えれば、その評価でも低いかと思います」

メルシアにまで言われてどうしようもなくなる。

まぁ戦力が多いに越したことはないと前向きに考えるとしよう。

「こっちはこれでいいとして、帝国側はどうなんだ？」

「正確な数字は改めて調査しますが、エルフたちだけでも局地戦は戦えると言われています。ただ、周辺貴族を巻き込み、さらに帝都の騎士団たちの戦力を考えるなら……現状で互角かと。万が一、全戦力を集められたら勝てないでしょう」

こうして聞くと本当にとんでもないものを相手にすることになるな……。

話はここで終わらなかった。

「もう一つ厄介なことがあります。帝国は戦時、捕らえた奴隷を前線に送り出します」

「あー……それ、言うこと聞くのか？」

「言うことを聞かせる必要はあまりないと言いますか、戻れば帝国兵に撃たれるので、攻め込むしかないのです。ただ、それだけではありませんね……」

メルシアの言葉を引き継いだのは意外にもエリンだった。

「契約魔法……」

「その通りです。奴隷契約は強力な魔法で、場合によっては相手の自由を奪ったり、意識を奪ったまま身体を動かすことすら可能です。もちろん希少な魔法ですし、準備に大金が必要ですから誰にでも行うわけではないですが……」

「今回は……使われる」

エリンが静かに、それでもはっきりと口にした。

「攫われたエルフが契約で出てくるとなると、こちらはやりにくいか」

「なんとかする……方法はあります」

「そうなのか？」

「ん……メルシアさんがいるから……協力すれば……」

　エリンの言葉にメルシアが頷く。

「なるほど」

　俺にはわからないが、エリンとメルシアの間には答えが見つかったようだ。

「奴隷契約の魔法は、竜人族から奪われたものなのです」

「そうなのか？」

「はい。もちろん奴隷のための魔法ではありませんでした。契約を重んじる竜人は複数の契約魔法を持っていました。その一部が流出して、今に至ります」

「なら、解除方法も知ってるってことか？」

「いえ。契約は絶対です。解除は当人の同意なしにできませんが……」

「上位の契約なら……上書きができます」

「そうなのか！」

　なら解決かと思ったが……。

「問題があるのです。そもそもそんな魔法が簡単に使えればそれ以外の魔法に意味がなくなってしまいますから」

そりゃそうか。

何かしらの制約があるのは当然だろう。

「そもそも使いこなせる者がおりませんでしたからね。契約には精霊が関わりますが、その精霊に対して力を発揮できる存在が限られるのです」

「限られる、か」

「はい。私の知る限りでは青龍様でした。なので、同じ神獣を使役するユキア様ならば、使いこなせるでしょう」

「俺が……?」

「はい。ですが実際に使いこなせるようになるまでには、かなり時間がかかるのではないかと……」

なら今回は使えないだろう。

となるとどうするのかと思ったが……。

「エリン様であれば、可能かと」

「エリンが?」

「あう……」

確かにエリンもとんでもない力を持ってはいる。ただそれでも、他にも力のあるエルフがいるのではないかと思ったけど……。

「エリン様は特別なんです」

「そうなのか」

「うぅ……やり方がわかれば……なんとかできるかもしれません……でも……」

「そうですね……それをお許しになるかどうかも、青龍様次第でしょう」

「はう……」

そこが限界だったらしいエリンが、それっきりうつむいてしまう。

でもまぁ、十分頑張っただろう。

「ミリア、シャナル。またしばらく空ける。エリンとメルシアと一緒に」

「わかりました」

「はい。こちらのことはお任せ下さい」

「助かる」

もう慣れたものだな。

「えっと……」

指名されたエリンだけは戸惑っていたが……。

「一緒に頑張ろう」

「あう……はい。頑張り……ます……」

差し伸べた手を取るエリン。

口数は少なくとも、つながった手から決意が流れ込んでくるようだった。

◇【エリン視点】

また、うまくしゃべれなかった。

また、うまくできなかった。

ずっとずっと、そうだった。

兄様に守られて、兄様に甘えて、兄様の陰で、目立たないように生きてきた。

私はちっちゃいころから、どうしても周りのエルフになじめなかった。

妖精種とエルフの関係はちょっと複雑で、私はハーフだったから、余計なじめなくて……。

なのに力と地位だけは、望んでないのに、ちょっとだけ、普通じゃなかった。

エルフにとって変化は敵だった。だから私みたいな変わった存在は、どうしてもそういう扱われ方をする。

「もし兄様がいなかったら……」

考えただけでぞっとする。そのくらい、お兄様に助けられ続けてきた。

ハイエルフとしての力を惜しみなく使って、誰より矢面に立つように、長老たちの言うことも聞かずに動いてくれた。

本来王家なんて飾りのはずだった。長老がすべてを決めるのがエルフの掟だった。

なのに、兄様が全部変えてくれた。

多分、ううん……絶対、私を守るためだった。

ずっとずっと、気づいていた。

それでも私に、できることなんて一つもなかった。

「でも……」

今は違う。

兄様が生き生きしてる。

その原因は間違いなく、ユキアさんだから……。

「私は……ユキアさんの力になりたい……」

それが兄様への恩返しにもなるはずだから。

「頑張ら……なきゃ……」

どうしてもまだうまくできない。

ミリアさんみたいにちゃんとできない。

シャナルさんみたいに力になれない。

それでも……。

「私も……」

せっかくユキアさんと一緒に行動できるチャンスを、無駄にしないために。

もう一度気合いを入れ直して、準備を進めた。

# 決戦に向けて

「ああ、やっぱりいいじゃない。エルフの奴隷」

ブルス帝国の王城の一室で、高級酒を傾けながら微笑む美女がいた。

アリア＝ゼーレス。ミリアの姉、ゼーレス王国元国王の長女が、夫であるギーグの肩にその身を預ける。

二人が座るソファの正面には、彫像のように並べられて身動きを許されない二人のエルフがいた。

強力な奴隷契約は身体の自由を奪う。意識まで刈り取られていないことが、逆にエルフたちにとって苦痛を味わわせることになっていた。

攫われたほかのエルフたちも、入れ替わりでアリアの所有物として展示されていた。

「あー……本当に良かったのか……こんなことをして」

「はぁ？　今更何言ってるの？　あんたが命令して、あんたが買ってきた、そうよね？　ギーグ」

「うぐ……それは……そうだ」

「ふふ。そうよね？　流石私のダーリン」

ギーグはブルス帝国の第三皇子だ。

強大な帝国において第三皇子の肩書きは決して弱いものではない。その気になれば皇帝の座を睨むこともできただろう。

そうでなくとも、このままいけば重要なポストをあてがわれることは間違いない、いわゆる勝ち馬だ。

そんな勝ち馬に乗るべくやってきたのが、隣国ゼーレスの姫だったわけだ。

アリアの政治手腕はギーグの出世を大いに手助けした。その代償にギーグはもう完全にアリアに頭が上がらなくなっている。

「だが、これではエルフと戦争になるぞ……？」

「あら。いいじゃない。またコレクションが増えるでしょ？」

「それは……」

ゼーレスはそれなりの国ではあったが、帝国には遠く及ばなかった。

国土で十倍、国力はもう比較にならないほどの大国の頂点を睨む椅子に座ったアリアは、怖いものなしだった。

　実際このやりたい放題のアリアのやり方がうまくいった部分もあって、ギーグはおろか周囲も何も言えなくなった結果があった。

「ねえ。それより考えてくれたかしら？　私の祖国を乗っ取った愚かな反逆者を何とかしてくれるって話」

「それは……」

「私が嫁いできた時点で同盟国なんだから、助けるのは当然よねぇ？」

「だが、あの国はもう君の妹が即位して新体制になっているじゃないか」

「はぁ？　認めるはずないでしょ！　あんな出来損ないが王？　馬鹿にするんじゃないわよ！」

　ガンッ！　とテーブルを殴りつけるアリア。

　それだけでギーグはすっかり委縮して動けなくなる。

「あんなのに王なんて務まるわけないでしょ！　あれが王になれるなら私にもできる……そうよ！　あんな反逆者の国を認めちゃダメ。滅ぼして、私を王にしてしまいましょ？　貴方が帝国の皇帝、私は王国で女王になれば、すっごく素敵だと思わない……？」

「流石にそれは……」

「できないって言うのかしら？」

のだ。

帝国という大きな舞台で、自分の意見が気持ちいいように通る快感を覚えた結果、増長した
アリアの気質はもともと荒かったが、ここに来てその苛烈さにさらに拍車がかかっている。

固まるギーグ。

「いや……」

「いいじゃない。私があっちで女王になれば、貴方も力が増すのだから。それに、あの国のクーデターを起こした愚か者はあろうことか亜人たちの国なんて作ろうとしてるみたいだし。ぷっ……馬鹿よねぇ？　劣等種たち集めたってどうしようもないじゃない。ねぇ？　私たちが有効活用してあげたほうがいいじゃない？」

邪悪な笑みを浮かべたアリアに、何も言えないギーグ。

内心苛立ちながら、アリアは次の策を考えていた。

アリアにとっては夫のギーグすら駒の一つに過ぎない。

宮廷内に無数にいる次の標的に狙いを定めつつ、大胆に、傍若無人に、ユキアたちの領地への侵攻の準備を始めていた。

この無茶苦茶に見える振る舞いがそれでも、ユキアたちが戦争の準備を始めた今となっては正しいことになる。

もちろん、宮廷においてそんなことを考えているのはまだアリアだけだ。

これがアリアを、そして夫のギーグを成り上がらせた要因であり、破滅へのカウントダウンにもつながることになるのだった。

◇

「ここがメルシアの……？」

「はい」

領地からはメルシアの竜体に乗せてもらってやってきた。

見たことがないくらい綺麗（きれい）な青の竜だった。パトラも可愛（かわい）いし神々（こうごう）しい見た目だが、メルシアのそれは芸術品のような美しさを感じさせた。エルフ同様、人間からすれば伝説上の存在というのをまざまざと思い知らされるような、そんな美しさをまとっていた。

「ユキアさん……あっち……」

「ああ、ごめんごめん」

エリンに先を促（うなが）される。

にしても……。

「国と言われたけど、人間からするともうダンジョンだな、これ」

「そうかもしれませんね」

山岳地帯の一角。周囲には高ランクの魔物たち。

そもそも飛行能力がかなり高くないとたどり着けないような秘境だった。

だが面白い文化も結構ありそうだ。見たことのない装飾物や武器がある。

「真っすぐ青龍のところ、でいいのか？」

「それでもいいですが……少し休まれませんか？」

「休む場所があるならそうするか」

「とびっきりの場所が。きっとエリン様もお気に召すかと」

どちらかというと商人のような笑みで、メルシアが再び竜体になって俺たちを乗せていく。

「火山に向かうのか？」

「はい。火山地帯には湧水を温める力があります。加えて様々な鉱物が溶け込んだ天然の湯には、様々な効能が含まれるのです」

「おお……」

何かで聞いたことがあるようなないような……。

「温泉……でしょうか」

「はい。エルフは水浴びが好きな方も多いですが、こちらもよいですよ」

「熱く……ないですか」

「温度の調節はお任せください」

なんだかんだでなし崩し的に温泉に入ることになった。

まぁ一泊は必要な行程だったし、すこしくらいゆっくりしてもいいか。

「気持ちいいな……」

岩に囲まれた温泉。

山の一角に作られていてちょうど見晴らしもいいし、最高だった。

「お気に召していただけましたか？」

「あう……おじゃま……します……」

「メルシア!?　エリンもか!?」

温泉なんだ。当然二人とも裸だ。一応タオルは巻いてるようだけど……。

堂々としたメルシアと、その後ろを恥ずかしそうについてくるエリンが一瞬見えて、慌てて

背を向けた。

「ふふ。いいじゃないですか、それにこんな場所なんです。ここを利用する竜人も今はおりませんし、男女で分ける必要がありませんでしたからね」

「今日は分ける必要あっただろ」

「あら。私は気にしませんし、エリン様もほら」

「あう……」

メルシアの勢いに押されたのかなんなのかわからないが、さっきの表情を思い出すと……いややめておこう。

「まあそっち見ないようにすればいい……のか？」

「あら、せっかくですからもっと近くでお話ししてもいいじゃないですか」

「はぅ……」

対照的な二人の反応。

まあどのみち見ないようにするしかなく、背を向けたまま景色を眺める。

「今度はみんなも連れてきたいな」

「お気に召していただけましたか」

「ああ。なんか久しぶりにゆっくりできてる気がするし……これ、領地にあったらいいのにな」

「作れますよ？」

「え？」

火山のどうこうって説明してたような……。

「いろいろとやりようはありますが……手間をかければ源泉を領地に引くこともできそうですし、ユキア様なら力ずくで何とでもなりそうですよね」

「いや……さすがに……」

「まあ、手間をかけるといってもテイムした魔物たちに整備を進めさせる段階で力ずくのようなものですが……」

そう言われると何も言えない……。

なんとなくエリンからも視線を感じたところで、とりあえず温泉は後にすることになったのだった。

◇

一泊はメルシアが案内してくれた洞窟の中で過ごした。

洞窟の中といっても、かなり快適な宿のようになっていて文明を感じさせる。

そして次の日……。

「これが青龍のいる祠……ダンジョンだな、もう」

祠の入り口に何かの魔道具が展開されている。おそらくは防御結界だろう。

「青龍を守るため……か？」

「いえ、青龍様の力を抑え込んでおくため、です」

「そこまでの力なのか」

いや、確かにこれまでの霊亀、鳳凰も、その存在だけで周囲に影響を与えるものだったな。

そう考えると不思議ではないのかもしれない。

「青龍様のお力は迅雷。眠りについておられても、結界がなければ周囲の天候が常に荒れ狂うのです」

「あー……」

それは確かに厄介だな。竜人たちがどんな生活をしているかわからないとはいえ。

「起こすならこの魔道具も取っ払って、その中で何とかしないといけないってわけだな」

「そうなります」

「てことは……」

「天候は荒れ狂うことになりますね」

なるほど……。

とはいえ、ここまで来て何もしないわけにもいかないし、現時点で影響を受けるのは俺たちだけだろうからな……。

「エリン様、封印を解除したいのですが、手伝っていただけますか」

「はい……」

「強力な封印ですので補助魔道具を使おうと思うのですが……」

そう言いながらメルシアが道具を漁り始めるが、エリンがそれを遮るようにして言う。

「あの……このくらいなら、なんとかできます」

「え……？」

目を見開くメルシア。

「魔道具、温存できるならそのほうがいいんじゃないのか？」

「それはそうですが……この封印は竜人族が複数人で時間をかけて施していて……一人の力でどうこうできるものでは……」

「まあ、やるだけやってみればいいだろ。エリン」

目を合わせると少しあわあわしながらもコクンと頷くエリン。

次の瞬間。

「これは……」

光があふれ出し、洞窟を覆い隠すほど膨れ上がる。

封印と思われる様々な魔道具や、目に見えていなかった魔法が解除されていく。

「すごいな……」

「すごいなんてものじゃ……特別な力があるとは思っていましたが、まさかここまでの力があるなんて……」

メルシアが本気で驚く。

俺にはよくわからないがエリンに力があることは疑いようがないのでまあいいだろう。

「と、ほんとに荒れてきたな……」

封印が解けた瞬間、周囲に黒い雲が集まってくる。

渦巻く雲から雷鳴がとどろき、すぐに雨が降り始める。

「いやこれ……もう嵐だな……大丈夫か？」

「はい……エリン様は私が」

そう言ってメルシアが竜体になり、エリンを覆い隠すように羽で匿った。

「じゃあ、あとは俺の仕事か」

祠が割れ、天に向けて巨大な龍が飛び立っていった。

一般的なドラゴンとは異なり胴が長く羽もない。周囲に雷雲をまとっているかのようなその姿は、確かに神と呼ばれるにふさわしい姿だ。

「いきなりで悪いけど、俺はこれしかできないからな……」

普通に会話ができればいいんだが、それが無理なら意思の疎通に【テイム】が必要になる。

手をかざし……。

「【テイム】」

唱えた瞬間、霊亀や鳳凰のときのように情報が流れ込んでくる。

「ぐっ……」

「ユキアさんっ!?」

心配そうに叫んだエリンを手で制して頭を整理する。

情報量に意識を持っていかれそうになるが、一度落ち着けばもう大丈夫だ。

青龍の要求は普段と逆だった。

流れてきたのはこれまでの竜人族と青龍の歩みと、帝国との関係。むしろ青龍のほうから、これからどうするべきか、その指針となる情報を求めてきた。青龍が眠りについたから追いかける者が増えたという話だったが、どうやら青龍からすれば、竜人族たちの望みが見えなくなったことが眠りにつく原因になったらしい。

青龍の願いは明確だ。利害も一致しているし、要求はすべて達成できた。

「こちらの要求は……」

大きく二つか。

まずは帝国との戦争に備えた戦力の増強。青龍自身の力はもちろん、眠っている竜人族(ドラゴニュート)への呼びかけを頼みたいところだ。

そして契約魔法の伝授。これはエリンに向けてだが、これがなければエルフの問題が解消されないからな。

ここまでの要求を呑(の)ませるには、ちょっと信頼度が足りないだろう。

「【召喚(サモン)】」

「キュルー！」

「クエー！」

精霊状態の霊亀と鳳凰を召喚(しょうかん)して青龍に見せる。

霊亀たちに聞く機会があったから聞いていたが、人間たちの神話とともに歩んできただけあって古いつながりがあると言った。

その二匹が姿を見せたことで、青龍もすぐテイムに応じてくれた。

「クルル」

「一気に可愛らしくなったな」

本体だともう俺は角どころか牙一本分にしかならなそうなほど巨大だった青龍が、霊亀や鳳凰と同じようにふわふわと可愛らしい精霊体になって寄ってくる。

同時に雷雲も霧散して空が晴れ渡っていた。

「素晴らしいですね……こうもあっさりとは……」

「はぅ……すごい、です」

「いや、二人が案内とか封印解いてくれなかったらできなかったから」

今回はそれぞれうまく連携した結果だろう。

「どこでこんな数の竜が眠ってたんだ」

「私もこれは想定外でした……」

「おー、青龍様と契約したんだってなぁ」

「大したもんだ」

「すごいお方なんでしょう、おもてなししませんと」

青龍の復活に合わせてどこにいたのかと思うほどすぐに竜人たちが集まってきたのだ。

「三十人くらいはいるか?」

「はい。ですが戦力としてはやはり十名程度と考えてよいかと」

「そうなのか」

人の状態で確かに子供と老人が多いように見受けられはするが、見た目の年齢が当てになる種族ではないだろう。

ただメルシアがそう言うからにはそれなりの理由があるはずだ、と思っていたら青龍から情報が流れ込んでくる。

「なるほど」

「何かわかったんですか？」

「ああ、戦争の経験者がほとんどで、心身のどちらかに大きな問題が残ってる……か」

集まった表情だけ見ればみな気さくに声をかけてくる村人、という印象なんだが、抱えている歴史が違う。

「古傷になってるんだな」

心はともかく、身体のほうも何も見えない。

まあ無理に戦わせる必要はないかと思っていたんだが……。

「あぅ……私にできる範囲なら……その……」

「エリンが……？　でも回復魔法は……」

「その……倒れちゃうかも、ですが……その……」

言葉が出なくとも意志は伝わってくる。ならそれに応えよう。

「エリンが大丈夫なら、倒れた後のことは心配しないでいい」

「ありがとう……ございます……」

「メルシア、怪我人(けがにん)を集めてくれ」

「えっ……わかりました……」

たった三十人だ、早々に伝達は終わる。

すぐにメルシアが何人かを連れてやってきた。

「連れてきましたが……」

「もう簡単に飛べねえが、それでもまぁ……」

「この身体じゃあ膝(ひざ)が痛むがその程度で……」

そんなことを言いながら集まった竜人(ドラゴニュート)族たちを見渡したエリンは、何も言わずに魔法の準備に入った。

「これは……!?」

周囲がみな驚くほどの魔力で、エリンが魔法を展開していく。

「おお……！」

「動く……動く！」

効果は絶大だった。

ラトルの時とは違い致命傷というわけではなかったのが幸いしたのか、エリンも軽くふらつくだけですんだ。

「大丈夫か？」

「はい……」

そこまで言ったところで……。

「ありがとう！　一体どんな魔法を!?」

「本当に助かった！」

「あんな魔法、どうやって覚えるんだ!?」

「う……あう……これは、精霊魔法で……」

エリンを囲む竜人（ドラゴニュート）族たち。

たどたどしいながらもなんとか対応するエリンを、メルシアとともに暖かく見守ったのだった。

◇

「しかしいろいろもらったな」

「そうですね……」

「着物……可愛（かわ）い……」

エリンも竜人族からもらった服に着替えての帰還。

帰りは国を見たいといった竜人が竜になって俺たち三人をそれぞれ乗せてくれていた。後ろにも何体か続いている。

「刀の技術者がいたのもよかったな。これは鬼人族と同じような文化か？」

「そうですね。もともと竜人が持ち込んだ文化もそれなりにあるかと思います」

「なるほどな」

そう考えると鬼人族の雰囲気と似たものを感じる部分は多いな。

鬼人族は無骨というか、あまり装飾や見栄えより最低限の性能を重視するような印象だが、竜人族は性能以外にも求めるものがある、といったイメージだろうか。

「エリンも喜んでるし、いいお土産になりそうだ」

領地が見えてきたところで、異変に気づく。

「あれは……」

「火の手!?」

「まさか……」

攻めてくることがあっても森ではなく、まずゼーレスの領地だろうと油断していた。

「戦えるやつはいるか!?」

「俺を連れていけ！」

すぐに応えてくれた竜人(ドラゴニュート)に飛び移る。

「二人は状況をミリアかシャナルに伝えてくれ！」

「わかりました！」

すぐに返事をしたメルシアと……。

「私も……行きたいです」

思いがけぬエリンの提案。

目を見るとこれまで見せたことのない強い意志をにじませていた。

「戦えるやつを……」

「任せろ。俺も行くぞ」

エリンが乗っていた竜人(ドラゴニュート)が答えた。

「行くぞ！」

すぐに二匹と二人、火の手のほうに急いだ。

## 領地の様子

「大丈夫か？」

「ユキアか……問題ない」

火の手が上がっていた辺りにいたのは意外にもレイリックだった。

「問題ない……？　何があった」

「ああ、何者かが攻め込んできたので迎撃していただけだ」

「それは問題だろ!?　それより……」

「やつらはすぐに帰った。被害はない。向こうの偵察部隊が調子に乗って手を出して、返り討ちにあったというわけだ」

「返り討ち……で、これがユグドルの戦力ってわけか」

開拓が終わっているわけではない森に集まっていたのは多くのエルフたちだった。

今の言葉から、戦うために集まったということがわかる。

「この地を聖域と定めて準備をしていた。当たりだな」

「気楽そうに……」

軽い口調で言い放つレイリックに何とも言えない表情になりながらも、ひとまず大きな被害がなかったことに安堵する。

「兄様……！」

「おお、エリン。ん？　少し見ないうちに変わったか？」

「変わりました……か？」

「ああ」

「あう……」

その一言で、嬉しそうにはにかむ。

普段ならそのままにしておきたいところだが、今は時間がないな。

「すぐに後続が来そうな気配はないか？」

「ないな。そもそもこの地まで大軍を送り込むのは現時点では難しいだろうからな。すでに抜け道をつぶすためにお前の使い魔たちが走り出した」

「そうか」

兵を進める場所、潜ませる場所がないのならある程度は安心か。

「それに攻め込んでくるなら逆に都合がいい。こちらは森でなら負けるつもりもないからな」

「なるほど。にしても、聖域ってのは結構移動できるもんなのか？」

「やろうと思えば、だ。やろうと思うものが少ないだけで、基本的には森であればどこでも設けることができるな」

「なるほど……」

「エルフを取り返すために揃った面々だ、ここに攻めてくるなら好都合と思え」

「わかった。頼もしいな」

「ふふ、任せておけ。それはそうと一度本部に戻るだろう？　そちらの客人も気になるしな」

竜体を解いていた二人を見ながら、興味津々な様子でレイリックが言った。

「それも全部、戻ってからだな」

◇

「兄さん！」

「ただいま。こっちは大丈夫だったか？」

「はい。ですが各地に偵察が来ているのを確認していて、ほとんどは撃退していますが逃げられるばかりで……」

「それは仕方ない。こちらに被害がないならよしとしよう。ロビンさん」

「こちらに……」

いつも通りすぐに後ろに現れてくれる。

「俺の予想だと、帝国は偵察を出してきてからしばらくは本戦に備える期間ができると思うんだけど……」

「通常はそうなるでしょう。現状我々がほとんどの偵察をはねのけておりますので、情報を集めるのにも時間はかかるかと」

「ならこちらも準備の時間にしよう。竜人(ドラゴニュート)たちが味方になってくれたし、青龍(せいりゅう)もテイムしてきた。戦力の整理と配置を考えて、エリンが契約魔法を覚えて……俺はちょっと、帝国を見てくるか」

「兄さん!?」

「あー大丈夫。直接行くわけじゃない。ミリア」

「私が行くんですかっ!?」

「違う違う。第四の目(フォースアイ)を教えてほしいんだ」

「なるほど……」

シャナルだけが意図を理解した様子だ。なぜか呆れられているが。

あちらに行ったときにテイムした魔獣たちの目を借りられるなら、それよりいい偵察はない。

「教えるのはいいんですが……ユキアさんならもういろいろわかっているんじゃないですか？」

「まあ何となくの原因はわかるんだけど、やっぱり一度はちゃんと教わりたい」

要は信頼関係の構築が浅いのが問題、という話だったが、もう少し突き詰めれば相手によってはいけるはずだ。

例えば信頼関係を構築するのに時間をかける必要があるとすれば、時間経過が人間より速い生き物を選べばいい。

あるいはテイムの条件のようにギブアンドテイクで成り立つなら、相手が本当に望むものを差し出せるときにこそ生かせるだろう。

ここらへんをミリアに聞いて詰めておきたい。

「お客さんには戦争になる可能性を伝えて帰ってもらうか、ここに拠点を作って匿う」

「すでにその手はずで進めております」

「さすが……俺が第四の目を取得できれば、いつまで猶予があるかも見えてくるだろうし、こっちはぎりぎりまで準備に時間が使えるからな」

たくさん来ているという各国の人たちと話していきなり戦争に手を貸してくれるというなら

それもありがたいが、現時点だと自分たちだけで準備を進めたほうが確実だろう。

いざ戦争になったとしても、青龍の権能を使えばそう困る感じにはならないはずだ。

「ではミリアさんの書類は私が受け持ちます」

「え、でも……」

「状況が状況です。兄さんのスキル取得が最優先でしょう」

「わかりました」

「悪いな」

「いえ、ですが兄さんが第四の目(フォースアイ)を覚えたら、私にも教えてください。約束です」

「わかったよ」

返事に満足したのかすぐに作業に戻っていく。負けず嫌いというかなんというか、まあいいだろう。

「ではユキアが準備を進めている間にこちらも聖域を拡大しておこう」

「拡大……？　そんなことできるのか」

「やりようはいくらでもある。これまでが引きこもりすぎていたのだ、エルフは」

エルフの中でレイリックがどれだけ特殊な存在かというのはよくわかっていたのでこれがエ

ルフの常識ではないことは間違いないんだが、一応エリンの反応を見る。

「あう……」

　何も言わずともあり得ないことを言っているのだけはわかった。ただレイリックだ、やると言ったからにはやるんだろう。

「そっちは任せるけど、一応何をするのか聞いておいていいか？」

「簡単な話だ。エルフを強くするのは場所との契約——つまりそこに住まう精霊との契約だ。精霊に愛されるものが仲介(ちゅうかい)に入れば、そこはすべてのエルフにとっての聖域となり得る」

「わかるようなわからないような……」

「要はエリンのように精霊に近い存在を各地に送るだけだ。幸いお前に懐(なつ)いたあの四人組がもう動いている」

「あー……」

　エルフの会合のとき無理やり戦わされたディット、ガル、フェイ、ウルダ。全員精霊の血が流れているって言ってたな。

「アドリとセキがいないのもそれか」

「ああ、そっちに行かせている。鬼人族(オーガ)が護衛(ごえい)を買って出てくれた」

「なるほどな」

うまく連携が取れているなら何よりだ。

「ユキアさん、お待たせしました」

そうこうしているうちにミリアも作業をシャナルに任せてやってきてくれる。

「いや、じゃあ悪いけどあとは任せた」

その場にいたみんながそれぞれ頷いて各自の作業に戻った。

外ではまだ開拓は続いているし、戦争に突入するとはいえ日常も並行している。

その日常を守るためにも、第四の目の練習に励むことになった。

「さて……何から行えばいいんでしょう……」

ある程度ひらけた場所にやってきたはいいが、ミリアが困っていた。

まあテイムのやり方を教えてくれとレイリックから言われたりしたら俺もこうなっただろうな……。

「とりあえず、俺から質問して答えてもらう形にするか」

「それはありがたいですね」

「なら……ミリアってパトラとじゃなくても第四の目（フォースアイ）は使えるんだよな？」

「え？　はい……一応は」

「テイムした相手ならほとんどできるって考えていいのか？」

「えっと……ドラゴンくらい賢（かしこ）い子なら大丈夫です。馬なんかもやりやすいですが……シャナルさんのように鳥で行うのは難しいです」

「そうなのか？」

「はい。全くできないわけではないですが……そもそも私の場合、知能がそれなりにある子じゃないと意思の疎通ができませんし、あとは鳥の見え方は人間の見え方と違いすぎて混乱してしまったりして……」

「そういうものか」

テイムするにあたって相手の知能レベルによって交渉の難易度は大きく変わる。それと同じということだろう。

「相手の能力に依存する部分が大きいので……感覚をつかむという意味ではユキアさんの場合、あの子たちが一番いいかと」

「ああ……呼ぶか。【召喚】」

霊亀、鳳凰、青龍が並ぶ。

「何回見てもとてつもないですね……」

「もう慣れたかと思ってたけど」

「いえ……というよりユキアさん、青龍をテイムしたことでまた力が上がってますよね？」

「そういえばそうなんだよな」

感覚が麻痺しつつあったが、テイマーはテイムした相手の能力を引き継ぐような形になる。

神獣が相手だと手にする権能に目がいくせいで忘れがちだが、俺の純粋な能力もかなり底上げされていた。

「普通は一匹でも神獣をテイムしていれば、どの国に行っても英雄として吟遊詩人（ぎんゆう）の題材になるんでしょうね」

「それはちょっとなぁ……」

「まあいずれレイリックさんあたりがやりはじめそうですが……」

「絶対あいつに言うなよ」

「どうしましょうか」

「おい……」

「ふふ。ユキアさんの弱みを一つ握れましたね」

「勘弁（かんべん）してくれ……」

そんな他愛（たあい）のない会話に、呼び出された神獣の精霊体たちもわちゃわちゃと混ざりにくる。

「クルル！」

「はいはい。まあとりあえず第四の目（フォースアイ）のことに戻るか。じゃあちょっと、頼めるか？」

「キュルー！」

「クルッ！」

それぞれいい返事をして飛び立っていく。

「じゃあやってみるか」

「あれ？　待ってくださいもしかして――」

「第四の目（フォースアイ）」

「あ……」

ミリアが何か言いかけていたがそのままやってしまった。

次の瞬間、飛び立った神獣たちのそれぞれの視点からの情報が頭に流れ込んでくる。

「うお……すごいな……」

「いやいやあっさりしすぎです！　普通の従魔が相手でも三匹同時なんてこちらの処理が追いつかないのに……神獣三体なんて……」

「加減してくれてるんだろうな」

「そういう問題じゃないですから！　もう！　あまり心配かけないでください！」

「ごめんごめん……」

ミリアの勢いに押されてとりあえず神獣たちを呼び戻して第四の目（フォースアイ）を解除する。

「ほんとにユキアさんは無茶しすぎです！　シャナルさんの気持ちがわかってきました……」

「ミリアまでシャナルみたいに……」

「ユキアさんが悪いんですよ!?」

ぐいぐい迫られる。

その後もしばらくミリアの説教を食らって、日が暮れたところで今日は一旦（いったん）、解散となったのだった。

「はははは。それはユキアが悪いな」

「レイリックに言われるのはなんか癪（しゃく）だな……」

それぞれ一息ついたところで、試しに作った温泉に入ることになった。

今はレイリックと二人、男湯にいる。

「それにしても、温泉か、いい文化じゃないか」

「一日でできるとは思ってなかったな……」

「まだ仮設と言っていたがな。カイゼルが張り切っていたな」

ドワーフの王、カイゼルの豪快な笑い声が脳裏（のうり）にこだまする。

竜人族（ドラゴニュート）が持ち込んだ刀（かたな）、着物、その他さまざまな文化は職人たちには大きな刺激になった

ようで、温泉以外にもいろいろなところで連れてきた竜人たちが引っ張りだこになっていた。

さすがに昨日の今日であそこから温泉を引いてくることはできなかったようだが、湯を直接持ち込むことでなんとかしたらしい。

ミリアが竜を手配して、竜人たちの協力で湯を貯めたようだ。定期的に湯を循環させて汚れを取り除いて温度も保っているとか……。そのドワーフの技術力には竜人たちも驚いていた。

「母さんも着物を再現するって張り切ってたけど」

「良いことだ。異種族の技術が持ち込まれ、ここで再現される。本当に大陸を見渡しても、ここより退屈しない場所などなかろう」

「まあそれは、そうかもしれないな」

エルフも、鬼人も、ドワーフも、竜人も、交流があったとしてもこんなにも協力することなどまずなかったという。人間からすればどの種族も交流すら困難な相手だった。

「逆に帝国はつまらないな」

「つまらない、か」

まあ、他種族と交流が一切ない……というより、それをあえて排除しているわけだからな。

「本当に両極端な状態で敵対したな」

「巻き込まれただけじゃないのか？」

「いや、そうは思ってない」

帝国を見てきて、そして領地に戻ってきて考える。

どちらがいいかは、贔屓目（ひいきめ）抜きにしたってこちらだと言い切れる。

あの帝都の惨状（さんじょう）を生み出した元凶は、元をたどれば多方面に戦線を張り続ける軍部にある。

そしてもう一つの元凶……ゼーレス王国からアリアが帝国に嫁（とつ）いだタイミングと、現在の差別的な人間至上主義が始まったタイミングが一致していることは偶然ではないだろう。

「これは結局、ゼーレスのときから続いてる話だ」

「なら、とっとと終わらせた方がいいな」

「ああ」

立ち上がって、決意を新たに風呂を出る。

明日にはもう第四の目（フォースアイ）は覚えて使い始めないといけない。

「ユキアもずいぶん、王の顔が馴染（なじ）んできたな」

冗談と受け流していた口癖（くちぐせ）のようなレイリックの言葉が、今日初めて、どこかしっくりきたように感じていた。

◇

「三日目にして、もう教えることがないですね」

「そんなことないだろう。まだ小さい魔物じゃ厳しいぞ」

「小さいの基準がおかしいじゃないですか！　私最初に言いましたよね!?　鳥でも無理って！

ユキアさんはもう虫でも使いこなせそうなのに！」

「さすがにミリアみたいに戦闘中に生かせる気はしないけどな」

「それももう時間の問題だと思います……せっかくシャナルさんと、これでユキアさんにリードできる部分がって話をしていたのに」

「そんなこと言ってたのか……」

俺からすれば二人に任せてることが多すぎて申し訳ないくらいなんだけど……。もう俺は二人がやっている書類は意味すら把握(はあく)できていない。聞かれたことに答えるだけで領地が何とかなっているのは間違いなくミリアたちのおかげだ。

「とにかくもう私じゃあ教えられることがないんですが……本当に私必要なかったんじゃ……」

「いやいや、ミリアの教え方がよかったからだ。実演してもらえたのも助かったし、何よりミリアはどうしてできて、どうしてできないかを自分で整理してくれてた。それがなかったら俺もこんなに早く覚えられてない」

「それは……もう……ずるいですね」

「ずるい……？」

「適当におだてられていると思っていたのに、本気にするじゃないですか」

「俺はいつだって本気だ」

「……もう」

思った反応と違うものの、まあミリアが満足そうだからよしとしよう……。

「これ以上教えることがないっていうなら、今の状況でできることをやってみるか」

すでにテイムして帝都の周囲に散らせていた魔物たちにコンタクトを図る。

あのときテイムしておいたネズミなんかも、今回はかなり役に立つだろう。

「第四の目って呼んでたけど、耳がある生き物なら音声情報もわかるし、なんなら人間にはわからないような温度で相手を認識した情報なんかも手に入るわけか」

「私はそこまで使いこなせないんですが……」

複雑そうなミリアだがまあ、今は置いておこう。

神獣たちだと三体でも情報量が多すぎたが、これもう、相手から受け取る情報を絞り込めるように調整した。

あとはやるだけだ。

「第四の目（フォースアイ）」

慣れないうちは声に出してイメージしたほうがいい。

まずは帝都付近にいたワイバーンを介（かい）して周囲の軍の配置を盗み見てみるとするか。

ワイバーンはあまり目がよくないので朧気（おぼろげ）ではあるが、それでもある程度まとまった数の何者かが動いていることはわかる。直接見えずとも、さっきミリアにも言った温度を探知する力があるので数もわかる。

が……。

「いないか」

「え、今何を……？」

「帝都に行ったときにテイムしてたワイバーンたちの目を借りたんだ。帝都内に軍の出入りはなさそうだった」

「え？」

「ん？」

「帝都って……ここから王国を縦断（じゅうだん）しないと届かない距離ですよ？」

「まあそうだな」

「え、本気で言ってるんですか？」

「ああ。実際山に入ったときに見た景色だし、間違いはないと思うけど」

「はぁぁぁぁ」

なぜか特大のため息をつかれた。

「信じられないです……そんなこと、できるにしても相当な魔力が必要じゃ……」

「その点はこいつらに感謝だな」

「きゅる！」

誇らしげに出てきた霊亀ほか神獣たち。

テイムの恩恵によって俺は人間としてはあり得ない魔力量を保持しているだろう。

「それだけじゃない気もするんですが……そもそも距離があれば正確な情報を得るのも難しいですし、何より頭が処理しきれないと思うんですが……」

「ワイバーンくらいだとまあ、なんとかイメージできる範囲だからな。ここからが本番だ」

「え、本番って……」

「空からの偵察より、もう直接、中の情報を取りに行った方が早いだろ」

「まさか……」

「虫をテイムしたかったのはこのためだったけど、まあ帝都の城でもネズミは入るし、ついでにスライムもテイムしておいたからな。とはいえスライムが得た情報を俺が理解しきれるかはわからないんだけど……あいつらどこまで認識してるのかいまいち見当がつかないからな」

「もう何もついていけないので、任せます……」

呆(あき)れ顔というか、魂(たましい)の抜けたような顔をしているミリアに力なく言われる。

まぁいいか。

「もう一回……第四の目(フォースアイ)」

帝都の城に忍ばせていたネズミとスライムたちに視点を合わせる。

意外にも鮮明に情報が舞い降りてくる。ネズミたちはもちろんだが、スライムが非常に優秀だった。

「あいつらこんなにいろいろ見聞きできてたのか」

「そうなんですか？」

「ああ、正直これ、使いこなしたら戦争の在(あ)り方が変わるぞ……」

「そこまで……ですがたしかに、そもそもスライムをテイムしようなんてテイマーもいませんし、テイマーが国に雇(やと)われているケースもゼーレスが特殊でしたからね」

「ああ」

竜の管理はテイマーなしでも回すことはできる。いたほうができる幅は広がるし、ゼーレスの場合は竜以外にも強力な魔物たちによって戦争の備えにしていたからな。

「ミリアもあとでスライムを試すか」

「あ……冷静に考えたらこの距離で第四の目（フォースアイ）なんて使える使い手がいませんね……これ」

「あれ？」

「まあ一応、やれるだけやってみますが……」

　これを覚えてくれればかなり助かる。

　これでもう、帝都の情報はほとんど筒抜け（つつぬけ）になるのだから。

「ずっと集中してないといけないのがネックだけど……ああそうだ。ミリア、領地の周辺にいるやつらのなかで、賢くて手が空（あ）いてそうな従魔ってなにかいたっけ？」

「賢くて……手はまぁ、状況によって空けさせると考えるなら、やっぱり竜ですが……」

「竜は活躍場所が多いからな……あ、そうか」

「何か思いついたんですか？　というかいったい何をするつもりで……」

「第四の目（フォースアイ）を常時開放することはできそうなんだけど、それを受け取る対象を変更しようと思って」

「受け取る対象……？　え？　本気で？　いやもうユキアさんに何を言ってもという感じなので信じますが……要するに、常（つね）に帝国の情報を集めておいて、必要な情報だけを吸い上げたい

「ということですね？」

「ああ」

さすがミリアだ。

「そんな常識はずれな……そもそも受け取って、なおかつ必要な情報に絞って渡すなんて、人間でもかなり難しいじゃないですか」

「それはそうだな。ただ、適任がいた」

「一体どこに……」

「こいつら、実は手は空いてるからな」

「あ……」

霊亀、鳳凰、青龍たちを呼び出して言う。

「信じられないことの連続過ぎましたが……歴史上神獣たちにこんな雑務を任せた存在、後にも先にもユキアさんだけでしょうね」

なんだかひどい言われようだが、特に神獣たちからも異論は出なかったので任せることにした。

◇

「どういうことだ!?　何も情報が集まらんぞ！」

　会議室にシルブル軍務卿の怒声が響く。

　集められていたのは軍務を司る幹部たち。

「偵察に出している部隊が軒並み帰ってこず……」

「帰ってきても情報を得られずに……」

「ええいそんなことはどうでもよいのだ！　ついこの前できたばかりの新興国相手だぞ!?　なぜ……」

「まぁまぁ、情報が集まらなくとも、戦力は十分でしょう？」

「スタール殿……だが情報は重要だろう」

「それはそうでしょう。私も商人ですので重々承知。ですが相手が相手でしょう。帝国軍の戦力をもってすれば大したことはないのでは？」

　スタールの言葉にシルブルが顔をしかめる。スタールには見えないように。

　シルブルにしてみればスタールは資金源であり情報源であり、重要な協力者である。

　一方でこうして時折見当違いな判断で場を乱すことに頭を悩ませてもいた。

「確かに相手は小国ですが、多方面に軍を配備する必要がありますので……なるべく戦力を温存したいのです」

「なるほどなるほど……」

それだけ言って、あとは我関せずという様子で目をそらすスタールにイライラさせられながらも、シルブルが状況を整理し始めたところだった。

「あら、やってるじゃない」

「アリア様!? なぜこちらに……!」

ミリアの姉にしてブルス帝国第三王子ギーグの妻であるアリアが、会議に突如乱入してきた。

「今は会議中で――」

「そんなもの見ればわかるわ。困ってるんじゃあないのかしら?」

「それは……」

「私が手伝ってあげてもいいけれど?」

「……何が目的で?」

「あら、私ももう帝国の一員じゃない。それに今回の相手は私の愛する祖国を一度滅ぼしたのだから、いつもより張り切って協力するのは当然じゃない?」

アリアの言葉に否定しなければならないところは見当たらない。

それでもシルブルからすればこうもわかりやすく胡散臭い相手など見たこともなかった。

「ふふ。まあいいじゃない。利害は一致してるわよ。これが私の手土産」

「手土産……？　これは……！」

一枚の羊皮紙。そこに記されているのは契約魔法の紋章。

「役に立つんじゃないの？」

「わかった……これが手土産ということは、本題は別にあるんだな？」

「ええ、私には研究者の兄がいたの。その研究成果を少しだけ手土産にもらっていたんだけど、あなたたちなら生かせるんじゃないかと思って」

「研究……？　王国の人間で研究者というと、ロクシス殿ですか」

「ええ、彼も無念を晴らしたいはずよ」

アリアにそんな感情があるのか、シルブルにはわからない。

だがそれでも、戦力の増強になるのは間違いなかった。

「これだけの増援があれば、多少相手が見えずともなんとかなるかもしれんが……」

「ふふ。期待してるわ」

「そうですな。良い報告をお待ちしておりますので」

それだけ言うとアリアは退席、スタールももう用はないと言わんばかりにその場を後にした。

残されたシルブルが思い通りにならない何もかもを嘆きながらも、とにかく戦争の準備を進めていったのだった。

「どうも思った以上に猶予(ゆうよ)がありそうだった」

翌日、おもだった面々を集めて会議を開くことになった。

俺が第四の目(フォースアイ)で得た情報の共有と、今後のための状況整理だ。

メンバーはシャナル、ミリア、レイリック、エリン、カイゼル、ゴウマ、メルシア。母さんもロビンさんの隣に座っている。

「お前さんを疑うわけじゃぁねえが、情報は確かなんじゃろうな?」

鬼人(オーガ)族の王、ゴウマが言う。

うちの軍部はゴウマに指揮を任せているので当然の確認だった。

「第四の目(フォースアイ)は取得したばかりではあるんだけど、だからこそ対策もされていないだろうし、ある程度信じられると思ってる。とはいえこちらも物理的な索敵(さくてき)は続けたほうがいいけどな」

「それは任せておけい。こちらも動いておく。よく働く兵たちでうちの若いのに見習わせてぇぐらいじゃ」

セキが聞いていたら苦い表情をしただろうなと口元が緩んだ。

「索敵なら私もヴィートとオリーブに警戒してもらっていますが、一時期増えていた偵察ももう見かけませんね」

「ああ、それは俺たちも確認してる」

「エルフもだな。あれ以来何も起こらず、こちらの活動できる範囲を広げている」

すでに軍を動かしているゴウマとレイリックに加え、空からの情報を得られるシャナルの発言。

「私もドラゴンたちから確認していますが、問題ないかと」

「余もドラゴンの力を借りて移動することはあるが、魔道具を通しても怪しい動きはなかったな」

ミリアとカイゼルが言う。

カイゼルには主に建築関係を任せているが、モノづくり全般もドワーフたちに委ねているため、軍に必要な装備や道具も扱っているからな。

「ならとりあえずは、俺が得た情報を信じられるだろう。とはいえ、詳細はわからないんだけどな」

わかっているのは増援があること、その規模が偵察を不要と判断できるほどのものであるということ。

だが、おそらく向こうもこちらの戦力をろくにわかっていないはずだ。

「ユキアの神獣の情報が伝わっていたとしても、二体までだからな」

「ゴブリンたちは増え続ける一方。戦力は日々増強されておる」

「ドワーフも鍛（きた）えておる。いくらかは集められるぞ」

頼もしい限りだ。

「竜人（ドラゴニュート）からも戦える個体が二十ほど。これに関しては軍との連携（れんけい）を進めたいですね」

「そりゃ頼もしいこった。竜人（ドラゴニュート）ってのは騎乗したほうが強くなるか？」

「乗る者によるでしょう。騎乗者が魔法で補助を行えるなら移動、防御（ぼうぎょ）、攻撃を分担できます」

「ふぅむ……逆に言や、竜人（ドラゴニュート）の強さについていけるやつじゃなきゃ足手まといか」

「言い方は難しいところがありますが、個人で相当な技量を持っている者でなければそうなりますね。この領地は人材に恵まれていますが、そのうえでもこの戦力をまとめてしまって良いのかという問題もあります」

メルシアの言葉はもっともだな。

「ひとまず竜人（ドラゴニュート）は単体戦力で考えた方がいいだろう。遊撃（ゆうげき）のためにまとめるのはやめた方がいい」

「そうじゃろうな。わしも乗りこなせる気はせん」

「ああ。だが失っては困る将校クラスの護衛を兼ねてというならありだ。このあたりはゴウマと……メルシアでいいのか？」

「そうですね。私のほうでまとめましょう」

「なら頼む」

なし崩し的に竜人たちのまとめ役になってもらったが、大丈夫かなと少し心配になったところ、青龍がその不安を払拭する情報をくれた。

「え……メルシアって竜人族の姫だったのか」

「あら……青龍様からお聞きに？」

「ああ、言わない方がよかったか？」

驚いてそのまましゃべってしまったがまずかったかもと思い確認する。

「いえ、青龍様がこのタイミングで開示したのであればそういうことでしょう。私は気にしませんので」

「ユキアはつくづく王家の人間を集めてくるのが得意だな」

「この面々を前にすると何も言えないけど……いや逆にこのタイミングでなんで集まれたんだ。

よくよく考えたら……それぞれ本国はいいのか？」

「わしのとこはもうここに併合されたからのぉ」

「余がおらずとも国は回る。余は面白そうな方に乗るだけだ」

「私は今回は一応仕事はしているんだぞ？」

三者三様。ゴウマ、カイゼル、レイリックの順でそれぞれの王が笑いながら言う。

なんというかまぁ、こういうタイプだから一緒にいるんだろうな……。

「というかそもそも竜人族にも王族とかあったのか」

「そもそも竜人たちは散り散りですし、もはや国もありませんが」

それでも、だ。

ここまですぐ竜人族が協力的になったのは青龍を起こしたことだけじゃなく、メルシアの存在が重要であったというわけか。

「さてユキア、そんな王族に愛されるお前にはまだやることがあるだろう？」

「わかってる」

客人の中にいた獣人たち。その一部は各地の王だった。

今回の戦争、人間の国はともかく、獣人たちは場所によっては巻き込まれる。

それに、帝国の奴隷たちはそのほとんどが獣人だ。帝国との戦争にはおそらく、参加する意志がある。

「頼もしい顔つきになってきたじゃないか」

レイリックのいつもの調子の言葉で一区切りかと思ったが、メルシアがそれを許さなかった。

「ユキア様、確認ですが……私たちをテイムする気はございませんか？」

「ほう、そういえばユキア、私のテイムも解除したままだな？」

「わしだけか、ここで恩恵を受けておるのは」

「さすがに余は臣下が許さんが……歯がゆいな」

勘弁してくれと言いたいところだが……。

「テイムの恩恵はお互いにある。戦争中という話なら、竜人族の希望者はしてもいいかもしれない」

レイリックもあとでやっておいた方がいいだろうな……。

できることをせずに万が一のことがあったら怖い。

「竜人族全員お願いすることになると思いますが、大丈夫でしょうか？」

「え……」

「まあ兄さんなら問題ないでしょう」

「シャナルが答えるのか……」

「私も問題ないかと」

「ミリアまで……」

まあ今更無理というつもりはないんだけど……少し前は心配してくれてたのにな……。

嘆いても仕方なく、そのまま決議事項だけ確認し合って会議は終わったのだった。

あれから急かすレイリックの再テイムを済ませ、いよいよメルシアと竜人族たちのもとにやってきた。

「で、なんで来たんだ？」

「さすがに心配ですから」

「そうですね」

「あう……」

メルシアと一緒にやってきたのはシャナル、ミリア、エリンの三人。

なんだかんだ言いながらも心配してくれていたのかと思っていると……。

「メルシアさんは美人ですから……テイムをいいことに兄さんがよからぬことをしないように

見張っておかないと」

「お前……」

「ふふ。まあそれはそうと、私たちも皆さんに挨拶（あいさつ）をしたかったので」

「ああ……」

一瞬本気かと思ってびっくりしたが……。

「でも、もしテイムを悪用したら……わかってますね？」

「わかってる！　というかしないから！」

シャナルが見たことないほど怖い顔をしていた。

俺は別に何もしてないのに……。

「ふふ。以前説明した通り、竜人（ドラゴニュート）は強力な心理障壁（しょうへき）もありますので」

「でも、兄さんですから……」

「そうですね、ユキアさんですから……」

「あう……」

「まあお三方の言わんとすることもわかるのですが、あまりに様子がおかしければこの戦争が終わってから皆さんのほうで解除する方向に動いてくだされればと」

「わかりました」

俺は置いてけぼりでいろいろ言われながらも、話は進んでいく。

「集まったのは……ほんとに全員か。レイリックたちのところにいたのも戻ってきてたのか」

「ええ。全員呼び戻しました」

人間の姿ではそれぞれ十代から四十代くらいの見た目をした竜人たち。

男のほうが多いが女性も多く、角や尻尾が見えていなければみんな人間にしか見えない。その角も尻尾も消すことができるというのだから、もしかするとメルシアのように人間に馴染んでいる存在は多いのかもしれない。

いや、多いんだろう。現に一人、俺が知っている顔があった。

「ガルーヴ、生きてたのか」

「がはは！　ユキア坊ちゃんがずいぶん大きくなって……おお、ミリアの嬢ちゃんも」

「え、ガルーヴさん!?」

「つい昨日のことみてぇだってのにほんとにでかくなったなぁ、人間ってのは成長がはええ！」

ガルーヴ。宮廷にも出入りしていて、人間と思っていたんだが、竜人だったらしい。

「ギルドマスターが失踪したって大騒ぎだったのに、こんな真相が……」

ミリアがつぶやく。

そう、ガルーヴは王都の冒険者ギルドのマスターだったのだ。顔も広く、誰とでも気さくに接するいいおじさん、という印象だった。誰からも愛されるような、そんな存在。それが突如、失踪したのだ。王宮どころか王都が、王国が混乱した事件だった。

「もしかして、あのタイミングで上位の冒険者も消えたのって、帝国と何かあったのか？」

「察しがいいな坊ちゃん！　その通りだ！　あんとき俺たちの里が狙われた。すぐに飛んで行ったんだがもはや遅かった。戦えねえやつからどんどんやられちまってな……俺たちが行ったころにはもう後の祭りだ。俺たちは青龍様の封印を強化して、そのまま眠りについた。思ったよりはええ目覚めになったがな！」

豪快に笑うガルーヴ。そうか……本当にいろいろ理由があったんだな……。

それより気になることは……。

「戦えないって言っても竜人族ってそれなりに強いんじゃないのか……？　それがやられるってことは、帝国もそれなりに戦力が……？」

「まああるにはある。が、俺たちが揃って負けることはあるまいて」

後ろで頷いている竜人たちもおそらく、冒険者として名を馳せた面々だろう。

心強い。

「テイムしていくか」

「ああ、俺たちに力をくれ」

「よろしくお願いいたします。ユキア様」

竜人たちの目には戦う意志が強く宿っている。今の目を見ていればたぶん、角も尻尾もなくても、彼らが人間でないことはわかっただろう。

「行くぞ……【テイム】」

「おお……」

「これが……」

一度に三十、それも誰もがSランクと言われるほどの強さを持った相手をテイムする。さすがに消耗するだろうと思ったが、青龍の時と比べれば全く大したことがなかった。

ただ、青龍の時は権能に意識が向いていたためあまり実感がなかった恩恵を強く感じる。

「すごいな……これ、もしかして俺飛べるんじゃないのか……？」

「え？」

シャナルが驚いてこちらを見る。

試しにやってみるか……。

「多分だけど、竜人の力が流れてきて、【竜変化】を覚えた」

言いながら試してみると、やっぱり羽が生えてきた。

「ユキアさんがどんどん人間離れしていく……」

「まあ、今に始まったことではないですが……」

引き気味に俺をジト目で見てくるシャナル。何も言わないがエリンも似たような目をしていた。

どうして……。

「でもこれ、便利だな。飛べるぞ？　ほら」

翼をはばたかせるとふわっと身体（からだ）が浮かぶ。

「おっと……いきなりはコントロールが利（き）かないか……」

「お支えしましょうか？」

「メルシア？」

空中でバランスを崩した俺のもとにすぐに飛んできて身体を支えてくるメルシア。それはいいんだけど……いろいろ当たってる。

「心理障壁はちゃんと働いてるんだよな？」

「もちろんです」

そうは言いつつも今までよりなんとなく柔らかい笑みを浮かべてくるメルシアの距離が近い……これは……。

「兄さん……」

「俺、何もしてないはずなのに……」

「あら、暴れると落ちてしまいますから……しばらく支えていますから飛行に慣れてください」

「えっと……」

「まあ、じっくりやってください。ガルーヴさん、元ギルドマスターとして今回の一件に一枚噛(か)んでいただきたいので少し相談してもよろしいですか？」

「ほお。あのミリア嬢ちゃんがそんな話ができるように……できることはやろう」

「私も書類仕事に戻りますので、兄さんはごゆっくり」

「うう……」

「あれ……」

理不尽(りふじん)に冷めた目を向けながら、俺を置いてそれぞれの仕事に戻っていった。

メルシアはいたずらっぽく笑っていたからまあ、心理障壁というのもしっかり機能していたんだろうな……。

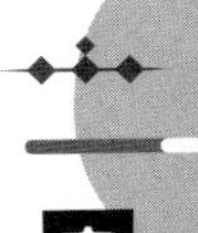



「なんか緊張するな……」

「兄さんに緊張なんて感情が残っていたことに驚きです」

「ええ……」

当初の仮設のものに比べれば断然立派になった応接間で客を待つ。

この領地にやってきている客と順番に面会していくんだが……戦争が落ち着くまではリスクが大きいからこちらとしては遠ざけるようにしていたのに、むしろ積極的に戦争に関わらせてくれと言ってきた客が、これから来る面々だ。

ほかの国は間接的な協力は申し出てくれたんだが、こちらからしばらく様子を見てくれと提案した。砂漠、山岳、海と様々な場所から来た使者にそれぞれの意見や要望を聞いて、できることからやっていこうという感じだ。

で、今からやってくるのは……。

「獣人(じゅうじん)か。しかも複数の部族から来てるって話だったけど」

「はい。普段は人間同様、お互いの領地を荒らさず、時には協力したり争ったりする仲のようですが、対帝国の利害は一致しているとのことで」

ミリアが簡潔(かんけつ)に教えてくれる。この場にいるのはミリアとシャナルだけ。

エリンは青龍(せいりゅう)に教わった契約魔法を練習しているし、他の面々も各自の持ち場に散っている。

使用人たちはいるものの、ロビンさんの教えを守ってこちらにほとんど干渉(かんしょう)してこないので、実質三人だけという感じだ。

「来たか」

気配を感じると同時に使用人たちが動き出して客人を迎え入れる。

「すまぬ。待たせたか？」

「いや、ずっと待たせていたのはこっちだろう？」

「そう言ってくれると助かる。俺はヴァイス、さすがにこちらがバラバラじゃあ面倒(めんどう)だろうと思ったので今日のまとめ役になっている。改めてよろしく頼む」

「ユキアだ。よろしく」

話しかけてきたのは白い猫……いや虎(とら)を思わせる風貌(ふうぼう)の屈強(くっきょう)そうな獣人だった。体も大きく、鬼人族(オーガ)並みだ。握手のために前に立つとこちらが影に覆(おお)われるほどの体格差だった。

「まずは紹介させてほしい。今回集まったのは五つの部族からの代表と使いだ。使いと言っても、信頼はできるやつらだ。俺はここら一帯では一番民の数の多い国だったんで代表になったが、それぞれできることとできないことがある」

見た目だけでもそれぞれまるで違うのが獣人だ。

人間と異なり、何の獣（けもの）の能力があるかによって何もかもが変わるだろう。鳥、オオカミ、蛇（へび）、兎（うさぎ）と、様々なタイプが集まっていた。

第四の目（フォースアイ）で見ていたこともあって思ったより彼らに差があることはわかる。

「よろしく頼む」

「よろしくな」

「よろしくね」

「……よろしく」

ヴァイスを含めて五人がそれぞれ挨拶（あいさつ）をしてくる。

「意見はまとめてきている。単刀直入（たんとうちょくにゅう）に言えば、俺たちは帝国との戦争に参加したい。できれば攫（さら）われた同胞（どうほう）を救い出したいと考えているし、実現するなら俺たちだけじゃなく森中の獣人たちに声をかけて集める。全員が集まればそれなりの数だろう」

「そうだろうな……」

おそらく一万くらいは揃(そろ)う。しかも人間の一万とは違い、個々人に特殊な能力や強力な身体能力を保持した者たちがだ。

「どうだ？　いや、正直ユキア殿が頷(うなず)かなくとも、俺たちは動く。これは一緒に動くかどうかの、確認だ」

その目は本気だ。だが、竜人(ドラゴニユート)たちの目に感じたような目とは異なる、なにか歪(ゆが)んだ思いを感じさせた。

「ヴァイス、確認だけど、今回の戦争の目的は同胞の奪還(だつかん)か？」

「そりゃもちろ――」

言いかけた言葉が、俺の目を見て止まる。

「ぐっ……あんたにゃ嘘(うそ)はつけなそうだな……」

観念(かんねん)したようにヴァイスが笑って、続ける。

「ああ、長いことといいようにやられ続けてきた……俺たちがやりてえのは助けることじゃねえ。帝国の人間に一人でも多く復讐(ふくしゅう)して、俺たちも死に場所が欲しいだけだ」

やっぱりというかなんというか……。

「それは許さない。力ずくでも止めないといけなくなる」

「ほう？　それだけの力があるのか？」

「ある」

目を合わせるだけ。

それだけでお互いの思いがおおよそながら見える。少なくとも俺の思いは、ヴァイスに伝わったようだ。

「……なんつう圧だよ。わかった。あんたにゃ勝てん」

「諦めてくれたならなにより。まあなにも全部を諦めてほしいわけじゃない」

「どういうこった？」

「獣人たちの中で、冷静に行動できるものだけ集めてくれ。帝都に奪還作戦に行ってもらう」

「帝都だと!?　俺たちに死ねっていうのか!?」

「死に場所が欲しいと言ってただろう？」

「ぐっ……だが……」

「大丈夫。潜入捜査だ。潜入メンバーは最小限でいい。ただし近隣の森になるべく多く兵として動ける者を配置しておいて、潜入したメンバーと、解放した仲間を迎え入れるために準備を」

「まさか……そんなことどうやって……」

ヴァイスだけでなくほかの面々も目を見開く。

「帝都の商人たちのルートは押さえてある。獣人たちの能力をフルに使えば問題ないだろう？

もちろん俺も行く」

「そんな簡単に……」

「だけど……」

戸惑う獣人たちが顔を見合わせる。

「ユキア殿。あんたなら確かに今言ったことはできるかもしれんが……奴隷には契約で縛られた者もいる。そしてそういったものは前線に送られるのではないか？　そちらは見捨てるということか？」

「いや、すべての奴隷を解放する準備がある。前線のことは一旦、俺の仲間に任せてほしい。それに実行するのは戦争に入ってからだ。むしろ前線で同胞とぶつかるよりはやりやすいかと思う」

「それは……」

「どのみち断られても俺がやるつもりだったからいいんだけどな。だからこれは、一緒に動くかどうかの確認だけだ」

ヴァイスがさっき言った言葉をそのまま借りる。

「こいつ……」

笑ってヴァイスが答える。

「負けた！　いいぜ。あんたの策に乗るさ。いいだろみんな」

ヴァイスの呼びかけに否定の声は上がらない。

よかった。放っておいたら帝国と泥沼の戦いに突入していただろう。

細かい連携についてはゴウマに任せるとして……潜入だけは俺が直接関わろう。

「ヴァイスたちは俺の能力のことは知ってるか？」

「ん？　ああ、噂程度にはな……」

「テイムした相手の能力を向上させる。潜入部隊だけは俺のテイムを受けられる人選をしてくれたほうが安全かもしれない」

「おいおい、いいのか？」

「ん？　いいのかって？」

「いやよ、どう考えても俺たちのほうがメリットがでけえ。そのテイムってのは術者の負担がでけえと聞く。しかもユキア殿のテイムなんてもん、もうこっちから頼みてえってやつがいくらでもいるぞ」

「は？　いやいや、テイムってむしろ、奴隷契約に近いくらいのイメージじゃないのか？」

「領民のゴブリンたちはテイムの恩恵を受けているんだろう？　それであの様子なんだ、もう誰も疑わねぇよ」

「「うっ……」」

なぜか隣にいたシャナルとミリアがダメージを受けていた。疑った過去があるな……。

「俺は別に、希望者がいるならいくらでもやるけど」

「本当か!?　いやだがさすがに全部じゃ……ここにいるやつらだけでも全員は……」

「それこそ、あのゴブリンたちを見ていたんですからお気づきではないですか？　兄さんのテイムにもはや上限はありませんよ……」

「ゴブリンと獣人では少し比べるのもどうかと思いましたが、実際ユキアさんは竜人（ドラゴニュート）も先ほど三十をすべてテイムしていますし、そもそも神獣を三体もテイムしていますから……。獣人が数万増えてももう、驚きません」

「おいおいマジかよ……」

「数万はさすがにわからないけど……とりあえず戦闘に参加するであろう五千なり一万なりはなんとかする」

「改めてとんでもねぇな……」

「兄さんですからね……」

「ユキアさんですから……」

三人からなぜか白い目で見られる。

「えっと……とりあえず五人はもうテイムしていいのか？」

「あ、ああ。頼めるなら……」

新鮮な感覚というか、まさかテイムを向こうから頼まれるとはと思ったが、それを言うなら最初に言ってきたのはレイリックだったな……。

まあとにかく戦争の間だけと言い聞かせて、五人に向けて手をかざす。

「【テイム】」

いつも通り、魔方陣が一瞬浮かび上がって、すぐに吸い込まれるように消えていく。

それと同時に、何かの力が身体に流れ込んでくる。

「これは……思った以上だ……」

「待て、こんな力を全員が持って本当に大丈夫か!?」

「ここまでの力……全員が持つというのか？」

「そこまでか？　あと、能力の上昇幅は相手による。もともと強い相手であればあるほど力は得やすい」

「なるほど……だがこれはもう……いや領地のゴブリンたちを見ていればわかったことか。種族の枠を超えるほどの力を与える恐ろしい力だ」

感心されているのか、いっそ恐れられているのかわからない感想をぶつけられる。

「あとでテイムしに行くから、希望者はまたまとめておいてくれるか？」

「ああ、何人ずつ行う？　集めるだけならともかく、整理するのに少し時間がかかるが……」

「まとめてやる。希望しない場合は受け入れなければいいだけだから心配いらない」

そう答えるとなぜかヴァイスはため息をついてこう言った。

「……嬢ちゃんたちの気持ちがなんかよくわかったわ」

「それは何よりです」

「何かあればいつでもこちらにお越しください」

「あいよ」

結局また俺は置いてけぼりにされて、そんな会話が繰り広げられるのだった。

「意外というか……そんなに難しかったのか」
「あう……ごめん……なさい……」
「いや、謝らなくてもいい」

帝国との戦争準備の一環として、エリンの契約魔法の取得に付き合っていた。

「でも……私が……やらなきゃ……」

「クルルー」

精霊状態の青龍がエリンを慰めるように寄っていく。

大方の予想では、やり方さえわかれば取得可能と思われていた魔法。既存の契約魔法を上書きする強力なその魔法は、エリンをもってしてもそう簡単には身につけられなかった。

当然俺も試したが駄目だった。あとはもう、この魔法に向いている者もいなければ、そもそも情報を開示できる相手もいない。

そのプレッシャーが、エリンをさらに苦しめているようだった。

「役に立たないと……いけないのに……」

思いつめた様子で必死に何度も魔方陣を展開するエリン。

だがどうしても、術が完成する前にその魔方陣が霧散してしまうのだ。

「そろそろ休憩にしませんか？」

「シャナルか。エリン、休もうか」

「いえ……私は……」

どうにも気を張りすぎているな……。

まあでも、気が済むまで付き合うか。

シャナルには目で合図する。

「わかりました。もう少ししたらまた来ますので」

「ああ。俺も練習しておきたいからな」

申し訳なさそうに、それでも懸命(けんめい)に練習するエリンに、もう少し付き合うことにした。

# 帝国の誘い

「これは想定外だったな」

「どうするんですか？　兄さん」

各自でいろいろな準備を進めていた中で、まさかの事態が起こったのだ。

ゼーレス王国に使者がやってきて、ブルス帝国が俺との会談を申し込んできたのだ。

「んー、断る理由は別にないからな」

「とはいえこれは、ずいぶん舐められた提案だがな」

レイリックが言う。

「やっぱりそうなのか」

「そりゃそうだろう。向こうが話したいというのにユキアに移動してこいというのだ。随分下に見られたものだ」

レイリックの言う通り、俺に帝都に来るようにというのが使者の伝えた内容だった。

「普通に考えるなら罠（わな）でしょうが……断ればそれはそれで相手が攻め込む理由になりますからね」

「戦争の理由づくりの一環（いっかん）ってわけか」

なんでもありなように見えて一応そのあたりはルールがある。ミリアが言うということは、このまま戦争に突入できる段取りを整えているんだろう。

「んー、まぁ行ってくるのはいいんだけど、そのときこっちが気をつけた方がいいことはあるか？」

「戦争になることを止める必要はないんだ。ユキアの身の安全だけ考えればいいだろう」

「あー……」

「なら、軍部から何人か連れていくかの？」

「竜人（ドラゴニュート）も護衛（ごえい）としてはよいでしょう」

ゴウマとメルシアがそれぞれ言ってくれる。

確かに護衛はいいかもしれないが……。

「せっかく帝都に行くなら、情報収集も兼（か）ねた方がいいだろ。ヴァイス、選抜した潜入メンバーで行こう」

「は？　いやこれから潜入するやつらの顔が割れて……いや、そもそも帝国にこんなわかりやすい獣人たちを同行させるのか!?」

「潜入って言ったけど、戦争になってから無理やり押し入って解放していくわけだから……それに多分、人間にわかるのは種族ごとの違いまでで個体の識別まではできないぞ?」

「そうなのか?」

「ちゃんと見てればともかく、一回顔を合わせただけでは覚えられないし、そもそも潜入するにしたって獣人ってだけで目立つんだ。いっそ現地の様子を見ておいた方がいい」

「がはは! 相変わらず豪胆じゃの」

「それでこそユキアだ。逆に相手の提案を利用するときたか……くく、面白い」

ゴウマとレイリックが笑う。

「まあ護衛も兼ねるしいいだろ」

「お前らの王、これでいいのか……」

「まあ、兄さんですし……」

「どうせ移動に竜が必要でしょうから、竜人も連れていきますよね? ユキアさん」

「ああ、動けるなら」

「潜入にも一緒に連れていく面々を手配しましょう」

メルシアの同意も取れたところで、改めて動き出すこととなったのだった。

◇

「本当に豪胆な……」

竜人（ドラゴニュート）に乗せてもらって、ヴァイスと選抜された獣人たちと会話しながら帝都を目指す。

ゼーレスを突っ切っていく最短ルートなので、そう時間はかからないだろう。

「どのみちあの領地、実は人間がいなくてな」

「だとしても普通はまずゼーレスの人間を考えるだろう」

「あー……」

逆にその発想はなかったな。

「みんななら護衛にもなるだろうからな。なんだかんだ言ってもシャナルもミリアも、俺だけで行くことは許さなかったと思うし」

「当たり前です。というか、私すら置いていくつもりだったことが信じられません！」

「ミリア……」

そう。結局獣人たちに加えてミリアも一緒に帝都に向かっていた。

俺は危ないと思ったんだが、国の代表として行く必要があるのはまぁ、確かだ。

「ユキアさん一人じゃ外交じゃなく普通に制圧して終わっちゃうじゃないですか」

「それは……」

「まあユキア殿ならやりそうだな」

「ヴァイスまで……」

「とにかく、今回の一件は外向けにユキアさんの領地の正当性を示したうえで、大陸にこの国を認知させるいい機会なんです。その方向にしっかり誘導しますから」

「そこらへんは任せるか」

「はい。ユキアさんとヴァイスさんは情報を集めておいてください」

「ありがと」

ここに来るまでに獣人たちのテイムも済ませたし、第四の目(フォースアイ)で入る情報もずいぶん整理できるようになってきている。ついでだし帝都のネズミやスライムたちのテイムもしていくつもりだ。

そう考えるとこのタイミングで帝都に呼ばれたのは、ある意味ラッキーだったかもしれないな。

◇

「ようこそお越しくださいました。遠路はるばるご苦労」

帝都の王城、すでに竜人は人間体を取っており、獣人たちと合わせて十名。俺とミリアを加えて十二名で乗り込むことになった。

すぐに城の中に招き入れられたが……。

「呼ばれたから来たけど、呼び出したのは皇帝だったと思うんだけど」

「皇帝陛下はお忙しい。小国の相手など私で十分」

早速この態度だった。

「外務卿もなしで問題ないのか？」

「生意気ばかり言う小僧だな。この私がわざわざ出向いていることに感謝するがいい。そもそも貴様など予告なしでつぶせたのだぞ。それをこうしてわざわざ話をしてやる機会を設けてやったのだ」

出てきたのはシルブル軍務卿。なるほど、今回の呼び出しに皇帝は関わっていない様子だ。

「まあいいけど、なら話ってなんだ？」

「その前に言うことがある。貴様何のつもりだ？」

「何が？」

「その獣人たちがだ！」

「獣人を連れてきちゃいけないとは書かれていなかったぞ？　皇帝陛下の手紙にはな」

「そのような当たり前のことをわざわざ書くわけがないだろう！　汚らわしい存在をこのような場所に連れ込みおって！　この侮辱、必ず後悔させてやるぞ」

「まあいいから本題に入れよ。俺たちは忙しい中わざわざ来てやったんだぞ」

「貴様ぁ……」

　血管を浮かび上がらせながらシルブルが机に怒りをぶつける。

　こんな挑発に乗るくらいなら最初から仕掛けてこなければいいのにな……。

「そっちが本題に入らないなら先にこちらから要件を伝えるか」

「なんだと」

「呼び出したってことは何かしらの交渉をもちかけるつもりだろうけど……こちらはそちらが奴隷を解放しない限りその一切に応じるつもりはない」

「は？」

　口を開けて固まるシルブル。

「ば、馬鹿なことを言うな！　そもそもそんなこと私の権限でどうこうできるはずもなかろう。そんなこともわからないのか！」

「いや、俺は皇帝陛下に呼ばれてきたわけだから、お前みたいな小物で済まされる想定じゃなかったんだよ」

「ぐっ……ぐぬぬぬ……貴様……貴様ぁ……」

さすがにここで直接手を出すことはできずに歯噛(はが)みするシルブル。その間に王宮内の生き物を探知して片っ端からテイムを仕掛けていった。

ネズミ、虫、スライム……どこにでも出現する生き物たちだ。王宮内にも少なからずいるし、第四の目(フォースアイ)のことを思えばかなり意味のあるテイムになる。

ここで挑発したのも、その作業に気づかれないようにするためだった。

相手はシルブル以外は軍の護衛と使用人たちだけ。シルブルに意識を集中する必要のある人間たちだ。

だからまあちょうどよかったんだが、どうやらここまでらしい。

会議室の扉がノックされた。

「誰だ⁉」

シルブルが八つ当たりで怒鳴る。

返ってきた声は……。

「か、会議中に申し訳ありません！　アリア様がどうしてもと」

その言葉にビクンと、ミリアの肩が跳ねた。

「あっ……アリア様まだ確認が……」

「あら……いいじゃない。どうせ断らないわよ」

そう言ってアリア――ゼーレス元王国第一王女にしてミリアの姉、アリア＝ゼーレスが部屋に押し入ってきた。

「アリア様……」

「ふふ。いいわよね？　可愛い妹に挨拶するくらい」

「ですが……」

第四の目で盗聴していたからわかってはいたが、すっかりシルブルはアリアに何も言えなくなっていた。

アリアの不思議な圧は、上位の冒険者などが放つそれに似ている。

戦闘力に基づいたものではないが、宮廷という狭い戦場において、アリアの能力は非常に大きな意味を持つのだ。

「久しぶりじゃない。随分偉くなったものね？　ただの世話係の少年が」

当然宮廷にいた俺とも面識があるので話しかけてくる。

ゼーレスにいたころ、アリアに声をかけられると、なぜか背筋がぞわりとして、身動きが取れなくなることが度々あった。

今も一瞬、身体がすくみそうになる何かがあるが、一応対応できる範囲だ。

だが……。

「あ、アリア……お姉さま……」

「あらあら、可愛い可愛い妹がこぉんなところに……私に黙って、ずいぶん偉くなったそうねえ？」

「それは……」

見るからに青ざめた表情で、がたがたと身体を震わせるミリア。根付いている恐怖が俺のそれとは段違いなのだろう。

固まってしまったミリアに手を差し伸べようとして、少し考える。多分これは、ミリアが自分で乗り越えないといけない問題だ。

ただし場の主導権だけは戻してもらおう。

「相変わらず好き勝手動いているようだけど、ミリアはもうゼーレスの女王。姉とはいえ、その物言いは問題になりかねないな」

「ふふ。面白いことを言うのね。たかだかゼーレスごときの女王が、この帝国の私たちより偉いとでも？」

「偉いか偉くないか以外でも、物事を考えられる頭があればわかることだろう」

ピクっと、アリアが苛立ちで固まる。

それを見てミリアが余計に顔を青ざめさせていた。

「調子に乗るなよ？　私にはお前らのようなちんけな国、一瞬で滅ぼす力があるのよ！　お前らがまだ生きていられるのは私たちが優しくも動かないであげてるから。だからね、言うことを聞きなさい。私に定期的に、生きのいい奴隷を寄こしてほしいの。それであんたたちの国造りごっこは見逃してあげるわ」

アリアが俺たちに向けて放った言葉は、何よりも一緒にいた獣人、竜人たちを怒らせるものだった。

怒りで動き出そうとしたみんなを手で制する。

「おい……」

止められて、それでも俺が何も言わないことに苛立ちを隠せない様子だったが……。

「俺が怒ってもいいけど、ここは少し待ってやってくれ」

耳打ちして、視線をミリアに送った。

あの領地にずっと一緒にいて、この言葉で怒らないミリアではないだろう。

恐怖に震えていたその顔はもう、すっかり冷静さを取り戻している。冷たく、だが激しく、その感情が言葉になって発された。

「姉様は勘違いされているようですが、姉様がまだ無事なのは、ユキアさんの温情のおかげです。本来であれば貴女は、あの国が崩壊したときに処刑されるはずだったんですよ？」

「なっ……何を言ってるのかわかっているのかしら？」

「もちろんです。そもそもさも自分の力のように語っていますが、それは姉様の力ではない。あくまで帝国の力です。そのすべてが自分のもののように語ること、ここでは許されているのですか？」

ピキピキと、アリアのこめかみに青筋が浮かび上がっていく。

そして、ここで発してはいけない言葉を、アリアは放ってしまった。

「戦争よ。シルブル！　こんなゴミみたいなやつらここで殺せばいいわ！　私が許す！　そのあと国もめちゃくちゃにしてやればいい。全部……全部全部全部！　親の前で子を殺せ！　子の前で親を八つ裂きにしろ！　必ず……必ずこいつらをめちゃくちゃに――」

「アリア様っ！」

「はっ……」

気づいたところで後の祭り。

国家同士のやり取りの場でこの発言は、さすがに問題になるのだ。この会話は録音されてい

る。この場で俺たちを殺しても、俺たちが帝国に手紙で呼ばれたうえ、その場で殺されたという、国際的に不名誉かつ問題行動を露見(ろけん)させる。

　そして戦争になったとしても、もう正義など語れるわけもなかった。

「戦争、覚悟はできているんだな？」

「ぐっ……小国風情(ふぜい)が調子に乗るなよ！　この場で貴様らを捕らえ、そのままお前らの領地に攻め込めばいいだけ。いいか？　望む望まぬにかかわらず、こちらには貴様らを意のままに操(あやつ)る契約魔法がある」

「それをここで使うか？」

「……」

　シルブルももはや破れかぶれ。どこまで何をしていいかの判断基準が壊れていて、ここまでくれば力ずくでやったほうがいい場面でもどこかためらいがあるのだ。

「この場でやり合っても仕方ないだろう。お前たちをどうこうしたい連中はいくらでもいる。朝も、昼も、夜も、お前たちの平穏(へいおん)を望まないやつらがたくさんな……」

　心当たりの多い二人が固まる。

「行くぞ。もうここに用はなくなったからな」

「はい」

「ま、待て！　こんな無礼な……」

「無礼はどちらかも、もう戦争で決めたらいいだろう」

会議室は幸いにして窓があったので、そこから飛び降りてシルブルとアリアに宣言する。

ほかの面々も、竜人(ドラゴニュート)たちがまず窓から飛び降りて次々竜体になり、続いて、ミリアと獣人たちが窓に飛び込む。それをしっかり竜人(ドラゴニュート)たちが受け止めていた。

俺だけは自分の翼で飛びながら、宣言だけ残しておく。

「戦争は始まった。皇帝にも伝えておけ。皇帝の名で呼び出した相手を怒らせて、戦争に陥(おちい)ったとな」

「ふん……後悔させてやろう。帝国を甘く見たことを！」

「ミリア……しっかり覚悟しておくのよ」

完全な決裂。

これでもう、何が起きても戦争の一部だ。

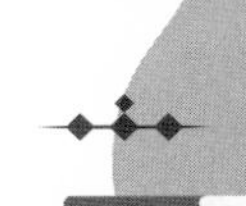


「俺たちは一度領地に戻るけど、すぐ軍を追いつかせるから」

「ああ」

「で、俺はすぐ戻るから、それまでは隠れていてほしい」

「わかった」

　一緒に来たメンバーは帝都に入って奴隷を解放していく手筈だ。そのまま近くの森に潜伏してもらうことにした。

　もう領地に向けて手紙は飛ばしているし、俺たちが出る時点ですぐにでも戦争に入れるようになっていたからここに兵が揃うのは時間の問題だろう。

「ミリアはゼーレスから呼びかけるんだよな？」

「はい。これでも一応女王になっていますし……国境沿いの兵くらいは配備しないといけないかと」

「直接の戦闘には入らなくても、いてくれるだけで助かるからな」

「そうですね。そもそも国境沿いの領地はブルスに吸収されたばかりで混乱状態。準備せざるを得ないでしょうし」

今のところその戦力を当てにすることは、こちらも帝国側もなさそうではあったが、準備しておくに越したことはないだろう。

「ミリアの護衛（ごえい）に竜人（ドラゴニュート）は三体ついてほしい」

「お任せ下さい」

「では、移動するのは四人でいいんですかね」

「いや、俺一人で行く」

「え……でも……」

不安そうな顔をする竜人（ドラゴニュート）たちと、困惑（こんわく）する獣人（じゅうじん）。

「ユキアさん、まだ飛行は安定しないんじゃ……？」

「まあ……ただ多分速いんだよ。一人のほうが」

きょとんとするミリアだがこれはもう実演するしかないだろう。

ただ、実演してコントロールしきれるか自信がないから、一応説明して、段取りだけは決めてからやろう。

「とりあえず、この後の動きはいいとして……俺の移動、青龍の権能でなんとかなるんだよ」

「権能……そういえば増えたんでしたね」

ミリアは例によって若干あきれ顔だった。なんでだ……。

「青龍の権能は【迅雷】、聖炎と同じで、俺自身が雷になるようなイメージで……やってみたことはないんだけど多分一瞬で領地に戻れる」

「本当にどんどん人間離れしていきますね……まあユキアさんにその力があるなら、帝都近辺で後れを取ることもないでしょうが……」

「多分な。ということで……」

青龍の力を確認しながら、準備をする。

おそらく竜変化と合わせて、このまま直線で空を通っていけばすぐに領地にたどり着くはずだ。

「行ってくる」

「はい、お気をつけ――」

声も置き去りにして、領地へと駆け抜けていった。

「落雷……!?　って兄さん！　何があったんですか!?」

「あー……着地は課題が残るな……」

領地に到着したはいいが着地の様子は完全に落雷だった。しかも地面への被害も甚大だ。

「ごめんごめんシャナル。周りに何もなくてよかった……」

「わかりました。今後この場所は兄さんの着地場所ということで」

何も聞かずにそれだけで済ませるあたり、何かいろいろ諦められた感じなんだろうな……。

「手紙は届いてたか？」

「いえ……兄さんの方が早かったですね」

まあそりゃそうか。

「みんなを一度集めてほしいんだけど」

「あれほど大きな音を立てたんです。もう皆さんこちらに向かってますよ」

見てきたかのように言うシャナル。実際見たんだろう、ヴィートの目から。

「だったらシャナルは各地に触れ回ってほしい。戦争になったって」

「……お昼ご飯を決めるようなテンションでそんな大事なことを……」

呆れられながらもシャナルはすぐに各地に手紙を出す準備を始める。

そうこうしているうちに続々と主要な顔触れが揃い始めたので、会議室に移動して改めて報告と協議を開始した。

「まずは、帝国とは完全に戦争になった。ただ呼び出された先にいたのは軍務卿のシルブルだけだったから、殲滅戦じゃなくシルブルと関係者さえ何とかしてしまえばいいって形になりそうだ」

「ほう。ならその場で暴れてくれればよかったではないか」

「そうしないためにミリアさんに行ってもらったんです！」

レイリックにシャナルが言い返せるようになっている……成長を感じた。

「兄さん、そもそも兄さんがしっかりしてれば問題なかったんですからね？」

「はい……」

俺もレイリックと同じ扱いだった。

「それはそうと、実際に戦争になったが、兵の配備はどうする？　すでに前線に移動は開始したとはいえ、現場での動きは保証ができん。なにせほとんどが初陣じゃ」

ゴウマが言う。

「向こうの情報が筒抜けだから随時手紙を飛ばす。ゴウマも悪いけど前線に出て、伝達速度を上げたい」

「それは構わんが……しかし相手の動きがわかる戦争などもはや一方的な話にしかならんじゃろうて」

「こっちはなるべく被害なく、奴隷たちの安全も確保しないといけないからな」

「なるほど」

物足りなそうなゴウマだが今は我慢してもらおう。

地図を出して改めて動き方を伝えていく。

「おそらくだけど、相手は森から進軍してくる。来るならこの帝国の東、ここらへんだ。最前線になるから先陣は獣人たちに譲ってやってくれ。後ろにゴブリンたちを中心とした軍を。森からは一切こちらに近寄らせない」

「ほうほう」

「帝国の竜騎士は竜人たちが空で迎撃する。本部にも戦力は残したほうがいいけど、ここはもう霊亀に全部任せる」

「兄さん、神獣を一体置いていくんですか!?」

「普通は一体でも十分すぎるだろ。それに近くにいなくても俺は権能が使えるから」

「ならまぁ……確かに霊亀が一体いればこの領地は全域が守られそうですね」

「ああ。だから、任せたぞシャナル」

「えっ!?　いや……この子霊亀の精霊……って、ほんとに全部任せるつもりですか!?」

「テイムしろって言ってるわけじゃないしコミュニケーションは取れるだろ？」

「それはそうですが……でもそんな簡単に神獣を……」

「きゅるるー」

「本人が楽しそうだしいいだろ」

　精霊体になった神獣はどれもちょっと緩い感じになるが、中でも霊亀は輪をかけて緩く、フレンドリーだ。もともと人間と歩み寄りたいって理由でテイムを受けたくらいだしな。

「待てユキア。今の話ではエルフはどうする？」

「エルフには獣人とゴブリンたちの中間に入って、双方のフォローをしてほしい。森の中での戦闘は最強という意味では、絶対森から出ない位置にいてほしいし、遊撃だけじゃなく中衛としてサポートもこなせるだろう？」

「なるほど。まあいい、従おう」

　エルフは森を支配できるといってもいいほどの力がある。

　ただ森での戦闘を想定していても、前線が押しあがればそれだけで力が発揮できなくなる可能性があるからな。

「あとは、エリンがいつでもどこにでも動けるようにしたいから」

「あう……」

「まだ契約魔法の上書きは完全に取得できてないようだけど、必要なタイミングが生まれるかもしれない。そのときはエリンが頼りだ」

会議に毎度参加しながらも一度も声を発さず、注目を集めることもなかったエリンに視線が集まる。

それだけで何もできなくなってしまうが、それでも俺はエリンの努力をずっと見てきた。きっと何とかなる。

「奴隷契約に対抗するカードはエリンだけか」

「ああ。俺は扱い切れなかった」

実際には青龍に力を借りればできるのかもしれないが、ぎりぎりまでエリンに任せたい。

エリンがこれまでこの領地に貢献してきた功績は数えきれないほどだというのに、どうしても本人がその自負を持てないでいるのだ。

ずっと自信がなく、ふさぎ込んでしまっている。

今回成功させればさすがに、エリンも少しくらい自信をつけてくれるのではないかという期待を込めていた。

「あとはメルシア、商人としての仕事を頼みたい。武具はドワーフたちが作ってくれるけど、食料やそもそも武具の材料なんかは多分足りなくなる」

「はい。すでにいつでも動けるよう手配しております」

「ならメルシアはそのまま補給部隊に。竜人とゴウマと連携してやってくれ」

「わかりました」

「おうよ」

よし。これであとは……。

「帝都の奴隷を解放して、戦場に出てきた契約魔法付きの奴隷をエリンが解除すれば……あとはなるようになるだろう」

それぞれのやることを決めて、いざ本番へ。

第四の目でのぞき込んでいたが、帝国はまだまだ準備が整わない様子だった。

◇

「ぐぬぬ……あの小僧……」

ユキアたちが出ていったあと、残されたシルブルとアリアは怒りで顔を歪ませていた。

「何してるのよ。すぐに軍を編成してあんなやつら国ごとつぶしてしまえばいいじゃない」

「ええ、アリア様……ですがあれを見ましたか？　竜人(ドラゴニュート)、そして獣人もそこらではお目にかかれないほど頑丈(がんじょう)そうで、何よりあの不遜(ふそん)な男の力は底が見えず……想定していた手駒(てごま)の兵だけでは足りないのです」

「なら帝国中の兵をかき集めればいいじゃない。早く！」

「そんなこと私の一存(いちぞん)ではどうにもなりません！」

内心アリアは舌打(したう)ちした。

何かあるとすぐこれだなと。

シルブルはいざとなると役に立たない。最終的には自分の責任ではないと言い逃れようとする。

そんな様子をずっと見てきたアリアはいつもイライラさせられていた。これまではそのわかりやすさゆえ、逆にそれを利用してきたアリアだったが、自分に余裕がなくなった途端(とたん)、ただの苛立(いらだ)ちの原因になっていた。

「秘策を使えばいいじゃない。それにほら、私の送った研究データ、役に立ったでしょう？」

「あれは……人造の魔獣や人を直接強化する薬物など、もしばれれば私の首が飛ぶだけでは済まなくなります……」

「だからここで使うんじゃない。全部全部消して、そのあとは勝手に消えていくわよ。そういう薬だから。とにかく時間がないでしょう？　動かせるのだけでもいいからすぐに集めてきてよ」

「ぐ……いいだろう。三万は集められる。その中には優秀な兵もいる。そうだな……なんとかなる……なんとかなるのだ」

　言い聞かせるようにつぶやくシルブルに呆れながら、アリアは部屋をあとにした。

「つんとーに使えない男ね」

　爪を噛みながら王宮の廊下を闊歩していくアリアの姿を、すれ違うものはみんな振り返って眺める。それだけ尋常ではない表情を浮かべていた。

　部屋に戻るとすぐ、使用人に怒鳴りつけるように命じる。

「スタールを呼び出して！　奴隷を五人……いえ十人連れてくるように言いなさい！」

「え？　ですが奴隷は戦争に駆り出すために準備を……」

「私が連れてこいって言ってるのよ！　早くしなさい！」

「ひぃっ！　わかりました！」

　爪を噛み続けるアリア。

　慌ただしく駆け出した使用人を眺めながら、どうやって奴隷たちでストレスを解消するか考える。

「ふ……ふふ……いいわよね。奴隷程度、何体かいなくなったって……ふふ……あははは」

だが残忍な表情で笑うアリアのもとに、望んだ奴隷が届くことはなかった。

シルブルもスタールも戦争の準備に忙しく彼女の相手などしている暇がないのだ。

苛立つアリアだが、自分で動く気もない。

いつまで経ってもストレスのはけ口が来ないアリアは、一晩中眠ることもできず過ごすことになる。

だがそれが、彼女を破滅へ導いてしまったのだった。

◇

「待たせたか？」

「いや……まさかその日のうちに帰ってくるとは……」

「マジックボックスに食料やらいろいろ入れてきたから皆に配ってやってくれ。明日の朝には軍もここに到着させる」

「早すぎる……」

ヴァイスが驚く。

敵の動きが筒抜けなら敵の動きに合わせることもできたが、どうあっても戦線を前に出しておきたい俺はすぐに動くことを選んだわけだ。

今この場にいるのは先んじて帝都に来ていた獣人と竜人たち。

さらに俺が連れてきた竜人、それに騎乗してきた鬼人族だ。

「あと、手土産だ」

「これは……？　おいおいこれ……どんな材質か想像もできんほどの……」

「ドワーフたちがここで戦うメンバーのために特別に作った装備だ。武器は何種類かあるから好きなものを。防具は静音性重視だけど、致死ダメージは避けられるように作られてる」

「どれをとっても売ればそれで城が建つような代物じゃねえか……」

「本当だ……」

「こうも見事なものは竜人の技術では再現できそうにない……」

それぞれ感嘆の声をあげる。

「鬼人族たちもこの出来には驚いてたけど、やっぱりドワーフの技術って他種族に比べても高いんだな……」

カイゼルなんかはその分、戦闘力なんかで見劣りするって言ってたけど、いざ戦えば装備の差で圧倒しそうな雰囲気すらある。

「ここまで至れり尽くせりで、しかも相手が準備できてねえのはありがてえ。だがそのうえで確認しておきてえんだが、向こうが準備できてないってことは、まだ帝都に軍がいるってことだろう？　そっちは大丈夫なのか？」

「まあそうでもあるんだけど、シルブルは帝都の軍をそこまで大規模に動かせない。今は各地から兵をかき集めてる状況なんだ」

帝都にももちろん騎士団はいるが、軍務卿が管轄ではあるものの指揮権は皇帝に直接紐づいている。そのためシルブルは黙って帝都の兵を使えない。

諦めて皇帝と連携すればそれで済むんだが、どうやら俺たちの相手は皇帝にまで話を通さずに行いたいらしい。

「ということだから、さすがに今日の夜に何かやると思ってないみたいだな」

「情報が筒抜けというのがこうも恐ろしいとはな……」

「潜入メンバーもリアルタイムで情報を仕入れて、帝都中の奴隷を一斉に解放してそれぞれに森へ逃げ込ませる。さすがに騒ぎになり始めたら帝都の兵も出てくるかもしれないけど、そのころにはもう俺たちは森の中。夜の森にわざわざ兵を進めてはこないはずだ。もし来たとしても、軍としてまとまった行動はとれてないだろうから個人戦で制圧したほうの勝ちになる」

「なるほど。で、向こうが軍を用意したころにはもう大方勝負がついているってわけか」

うまくいけばそうなる。

相手の情報も握ったうえでの戦いだ。気になる部分があるとすればアリアの言う秘策がおおよそしかわかっていないことだけど……。

ロクシスのやってた研究が応用されるとして、また人造の魔物で済めばテイムで終わらせられるが、人に用いられた場合どうなるかわからない。

もちろんレイリックや竜人(ドラゴニュート)たちの前例があるから、暴走した場合、人をテイムするという選択肢(し)もなくはないが……今回はミリアが言っていたように国としての立場を示すための戦いでもある。

そこで人間をテイムしたなんてわかれば、ちょっとまずいことになるだろう。

「まあそれは最終手段か、どの程度のレベルかによるな」

とはいえ正面からのぶつかり合いで負ける戦力ではない。ただでさえ基礎能力の高い獣人や竜人(ドラゴニュート)、そして魔物たちがテイムで強化されたうえに統率(とうそつ)されて戦うのだから。

「人間側からすれば最悪だろうなぁ……」

宮廷テイマーだったときにそんな相手と戦わされたら絶望するしかない。

こっち側でよかったな……。

と、一人で考え込みすぎた。話を戻そう。

「さて、じゃあ潜入メンバーだけど、城に入るのは俺とアルスだけだ」

「俺ですか!?」

アルスは若い竜人。キャラの濃いほかの竜人に埋もれていたが、これまで見てきた中で一番人間社会への理解度が高い。人間体でも二十歳前後の見た目なので、潜入時に相手の衣服を奪ってしまえばあまり警戒されずに潜り込めるという意味合いもあった。

「俺たちは連れて行かねえのか？」

「悪いけど城の構造上、飛べるやつのほうがいいんだ」

「なるほどな。なら俺たちは……」

「案内役を用意しといたから商人や貴族たちから奴隷を解放していってくれ。一番数が多いであろうシルブルの小屋は最後だ。戦闘になって人を集められたら勝てないから、基本的には出会った相手を逃したら、すぐに森に逃げ込むように」

「戦わねえのか」

「多少の戦闘は発生するだろうけど、派手に戦うのはそのあと、森で合流してからだ。今回の目的は一人でも多く、いや一人残らず奴隷を解放すること。ただ契約魔法に縛られた奴隷だけは無理に動かさないでいい」

あれはエリンに任せるしかない。

「戦闘力が高い奴隷は軒並み契約で縛られているな」

「ああ。だけどもう、戦闘力が高く契約魔法に縛られてる奴隷は騎士団と一緒になってるみたいだ。契約がない奴隷だけが残されてるし、そっちは手薄になってる」

だから今潜入しても勝算があるというわけだ。

契約で縛っていない奴隷たちは戦闘要員というよりは相手に応じた盾であったり、雑用係であったりだ。移動させるにも手間なのでまだ動けていないということらしい。

「さてと、始まったら時間が勝負、相手がまとまる前に素早く動く必要がある。いざとなったら移動ができるように、竜人と獣人は基本的にセットで動いてもらう。で、案内役だけど……【召喚】」

「ちゅー」

「ちゅーちゅー」

「まさかと思ってたけど……ネズミか」

「スライムでもよかったんだけどスピードはこっちのほうがあるし、数も増やしておいたから交代制で案内してくれる」

「もうユキア殿にツッコむのは諦めているが……いやまあいい。こいつらに従えば敵の目をかいくぐれるということだな」

「ああ」

ネズミたち同士で連携を取ってもらえばかなり相手の目は出し抜けるだろう。最終的に騒ぎになるのは仕方ないとして序盤はすんなり進められるはずだ。

「シルブルの小屋だけは数が多すぎるから、そこが解放されるときには騒ぎになる。これに関してはこっちが城で騒ぎを起こして注目を集めておくから、そのタイミングを見て動いてくれ」

「わかった」

「じゃあアルス、行くか」

「えっと……頑張ります」

「武運を」

それぞれネズミたちの誘導に従って散っていく。

「ユキアさん、俺たちは……」

「俺が案内する、行こう」

「わかりました！」

竜人《ドラゴニュート》族も羽を見せていれば人間体でも飛べる。一緒に城に向けて飛び立った。

◇

「ほんとに誰とも会わずに来れたっすね……」

「ああ、ここからが本番だけどな」

城に捕らわれた奴隷を全員救おうと思うとかなりハードルが高いが、城にいる奴隷はほとんどが契約魔法に縛られている。それでもここに来た理由は……。

「最低限、アリアから遠ざけておく」

「アリア……あの人っすね」

「今の機嫌の悪さなら奴隷がそのまま殺されかねない」

王宮に入れている奴隷なんて最高級の存在だが、そんなことを気にする人間ではないだろう。

定期的にスライムやネズミたちの情報をまとめて鳳凰と青龍が教えてくれているが、ちょっとこのままじゃまずそうだった。

「連れ出すのは結構大変そうだけど、奴隷たちが城と別の建物なのが救いだな」

まるで俺が管理していた生き物たちの厩舎のように施設が分かれているのだ。

そのおかげでぎりぎり脱出させることができそうだった。

城の構造はネズミたちがしっかり把握している。

「誘導したら、あとは俺とアルスで衛兵たちの足止めをする。程よく盛り上がったらもう一つ仕掛けを発動するから、混乱に乗じて全員で森に逃げ込んでくれ」

「わかりました！」

ネズミたち、スライムたちの目を借りながら順調に進んでいく。

夜ということもあって見張りは最低限、城内も明かりはついているもののもうお休みモードだ。

「ユキアさん、このまま順調にいっても、奴隷たちが騒ぎませんかね？」

「あー、突然だとそうなるか……」

「はい。多少別のところで騒ぎを起こした方がいいかなって。仕掛けはあるって言ってましたけど、なんなら俺が囮になります！」

「ありがとう」

囮まで買って出てくれるアルスだが、それには及ばない。

「騒がせないといけないならまぁ、仕掛けを先に使おう……【召喚】」

「うぉお……こんなとこにワイバーン出していいんすか!?」

「だからこそ人が集まってくるだろ？」

「それはそうですけど……ええ……」

なぜか引かれながらも、まあ有効性は理解してくれたようでそのまま動き出す。

俺たちは奴隷が捕まっている場所へ。そしてワイバーンたちは、城を手当たり次第荒らしにいった。

「ギュエエエエエ」

「なっ！　なんだ!?」

「まさか！　ワイバーンだ！　ワイバーンが出たぞ！」

「いつの間に!?　応援を！　応援を!!!」

バタバタと急に慌ただしくなる城内を相変わらず人の目をかいくぐりながら走り抜け、俺たちは目的地に着いた。

「えっ……」

「なんだ一体……なにされるっていうんだよ……」

「俺たちは味方だ。契約魔法で動けないやつは明日必ず助ける。動けるやつは今すぐここを出て一緒に森に行く、いいか？」

「え？」

「そんな急に……」

「今動くか、一生ここで奴隷か、同胞が作った時間を無駄にするな」

「同胞って……？」

「今帝都内に獣人たちが散って奴隷たちを解放している。この流れに乗れないと……」

「わ、わかった！　行く！」

「森だな？　森に行けば……」

「ああ、仲間が待ってる」

「わかった！」

「動けないやつはこっちで背負うっす！　行きましょう！」

「どこの誰だか知らないがありがとう……この恩は必ず……！」

バタバタと駆け出していく獣人や人間の奴隷たち。

第一目標はクリアだな。そして残されたのは、痩せこけたエルフだった。

「レイリックに頼まれてきた。すぐ連れ出せなくて悪いけど、明日必ず助ける」

「無理だ。この契約は誰にも解けん……人間たちが飽きて死ぬまではもう、耐えることにした」

「気の長い話だな……」

エルフたちはすっかり意気消沈している。ここまでの扱いがひどかったことと、もともとの気質とが合わさっているんだろう。

それでも……。

「明日、信じて待っててくれ」

それだけ言い残して俺たちも城を出る。

「ユキアさん！　だいぶ集まってきましたけど！」

「仕掛けを発動しておくか、向こうもそろそろ、メインのシルブルの小屋だろうからな！」

仕掛けと言っても単純なものだ。ここに来るまでに、森中の魔物を手当たり次第テイムしておいた。そいつらに一斉（いっせい）に……。

「「「キュオオオオオオオン」」」

「「「グルァァアアアアアアア」」」

「なんだ⁉　なにごとだ！」

「森だ！　森が！」

「何が起きているんだ⁉」

混乱する兵士たち。

これでもう、シルブルもこちらの対応をせざるを得ないだろう。

あちらに見張りが増えることはない。

「おい！　奴隷が！」

「今はそんなことどうでもいいだろ⁉　俺たちもやばいぞ！」

「ひっ……ワイバーン⁉　うわ……うわぁああああああ」

阿鼻叫喚となった帝都の衛兵たちを尻目に、奴隷たちを手引きしながら城を離れていく。

「アルスは森に。みんなを護衛してやってくれ」

「わかりました！」

「俺はヴァイスたちのほうを手伝ってくる」

そう言って飛び立つ。だいぶ飛行にも慣れてきた。

◇

「何事だ⁉　何が起きているんだ⁉」

シルブルは執務室で大混乱に陥っていた。

「報告します！　城内にワイバーンが出現！」

「シルブル様！　混乱に乗じて奴隷たちが！」

「商人たちが押し寄せてきておりまして、すぐに兵を出せと……」

「ええいなんだなんなのだ！　もうどこから手を付けていいかもわからんではないか！」

シルブルの叫びが執務室にこだまするが、当然答えを出せる人間はいない。

いや、冷静に考えていればシルブルは気づけただろう。敵対する人間が、この事態を引き起こせるということに。

だがシルブルの中では、ユキアは一貫して小国の雑用係でしかなく、その相手に自分が少しでも窮地に追い込まれたという事実を到底受け入れられなかった。

だからいつまで経っても、現実を直視できず、混乱して現場の指揮を執れずにいたのだ。

「ええい！　とにかく兵を！　騎士団を叩き起こせ！　緊急事態だ！　まずはワイバーンの討伐！　どうせ奴隷などすぐに捕まえられる。ここから逃げたところで行ける範囲は知れているのだ。明るくなってから捜せばいい！」

ようやく冷静に、できることを指示したところで、さらにシルブルを苛立たせる伝令が入る。

「し、シルブル軍務卿……」

「なんだ！」

「ひっ……その……アリア様が……」

その名を聞いただけで苛立ちが増すが、聞かないわけにもいかず先を促す。

案の定、ろくでもない話だった。

「奴隷を十、部屋に寄こせと……」

「お前は馬鹿か！　この状況が見えないのか!?　ええい……なんという面倒な女を送り込んできたのだあのバカな国は！　滅ぼされて当然だ！　その点はあの小僧に感謝してやっても……

いや今まさに！　あの小僧のせいでこうなっているのだぞ！　ああああああ！　くそ！　私も出る！　暴れなければ気が済まん！」

「ですが……」

「うるさいぞ！　準備をしろ！　とっとと！」

「はい！」

もともと軍人上がりのシルブルだ。ある意味ではこれだけ現場を知っている人間もいない。逆に言えば、現場しか知らなかったがゆえに陥った状況、悲劇だった。

「こうもうまくいくものか……」

「お疲れ様。森に入ってはこなかったな」

全員が森の中で落ち合えたのは明け方になってからのことだった。

すでに森の中にはいくつかのキャンプ地ができており、拠点として機能し始めている。

もう前線に立つ予定だった兵の数は揃っている様子だ。

「ユキア、一仕事終えたか」

「レイリック……もう来てたのか」

「ああ、すぐにゴブリンたちも来る。忘れているようだが、あの領地にはほぼ全員がなんらかに騎乗できるほどの魔獣たちがいるだろう？　ユキアの母が中心になって鞍も準備していたおかげで大軍が高速移動できるようになったぞ」

「そうなのか……」

確かに結構無作為にいろんなのをテイムしたな……。

そもそも軍のメインであるゴブリンは軽いから、人間より移動のことだけ考えるならやりようは多いかもしれない。

「エルフもいろいろと借りたが、最優先で獣人(じゅうじん)たちを送り込んだからな。もう何時(いつ)でも戦える」

「早いな……」

「お前が言うなという感じだろうがな」

こんな状況でもレイリックはいつも通りだな。

「ユキアさん！」

「ミリア、こっちでよかったのか？」

「はい。もうできることは済ませてきましたから。ゴウマさんと一緒に最後方(さいこうほう)に回ります」

「ありがとう」

ゴウマだけだとゴウマ自身が動きたがるからな。一人残ってくれるのは助かるな。

「あとはこのまま帝国の軍と戦っていけばいいわけだけど……」

鍵(かぎ)を握るのはエリンだ。

表情は硬(かた)い。それでも……。

「なんとかなるだろう、エリンなら」

◇【エリン視点】

「どうしよう……」

どうしようどうしようどうしよう……。

そればっかりが頭をいっぱいにして、もう何もかもめちゃくちゃになって、どうしようもない。

ずっとずっと、こんな調子だった。

私だけが何も役に立ててない。

私だけ、ずっと足を引っ張ってる。

ミリアさんはすっかり頼れるお姉さんになった。

シャナルさんも、もうシャナルさんなしに国は回らない。

新しく来たメルシアさんだって、戦っても裏方でも大活躍だ。

ゴウマさんも、カイゼルさんも、兄様も……みんなみんな、できることをやってるのに……。

「私だけ、何もない……」

ずっとずっとダメダメだった私を、それでもユキアさんだけが信じてくれていた。

兄様はずっと私を守ってくれたけど、ユキアさんは、私を守らない。

それはたぶん、私にも何かできることがあるって、信じてくれてるから……。

ならその期待に、何としても応えたい。

でも……。

「できない……できないよ……ユキアさん……」

どうしてもできない。

こんなことなら、最初からユキアさんに頼っておけばよかった。

ユキアさんならきっと、なんだかんだ言っても何とかしたと思うから……。

「ごめんなさい……私じゃ……」

諦めて、うつむいたところだった。

「なんだ!? うわ……やめろ! なんで急に! なんでだ!?」

「ひっ……乱心したか! やめろ! やめろぉおおお!」

「え?」

突然森で、エルフが、エルフ同士が戦い始めていた。

◇

「何が起きた⁉」

「すまんユキア、裏切りだ。エルフに裏切り者が出た」

「なんだって……⁉」

突如始まった仲間からの攻撃に、森の中は混乱しつくしていた。

「どうして……」

「わからん！　だが裏切ったのは、同胞を奪われた国だ！」

「は……？」

リミとレミの顔が浮かぶ。あの時の集落が……？

「人数は？」

「いつの間にか増えてる！　五百いたエルフが、もう半分以上敵だ！」

まさかの事態だ。そしてそれを見越したかのように、帝都の方角から巨大な土煙が上がった。

「なんだ……？」

「あれ……化け物か……？」

巨大な、本当に巨大な、得体の知れない生き物が上空に姿を現していた。

竜のような、だがそれを竜と呼ぶにはあまりに、あまりにも歪な形をした生き物だった。

「俺はあっちを対処する」

「ユキア！」

「大丈夫だろう。お前の妹は、そんなに弱くないはずだ」

あくまでもカギを握るのはエリンだ。このタイミングでの裏切り、何かあるとするならやはり、契約に縛られている可能性が高いから。

「あれは俺が、なんとかする」

「……わかった」

俺は俺のできることをやろう。

◇

「ぐっ!? こいつら強いぞ！」

すでに前線も戦闘に入っていた。

最前線に送られるのは奴隷と言われていたが、現状戦っているのはもっと質の悪いやつらだ。

「これ……正気を失ってるだろ……」

「ユキア殿！ ここはいい！ 後ろのバケモンがどうも問題だ！」

「ヴァイスか、わかった」

「ああ、この程度なら持ちこたえられる！　が、いくらやっても戦意を失わねえ相手ってのは厄介だ！」

その通りだろう。正気を失った兵は恐怖心もなければ、痛みも感じている様子がない。全く普段の戦術が通用しない相手になってしまっているわけだ。これがアリアの秘策……。

だが秘策は、それだけではなかった。

「何とかしてくる」

上空に飛び出して、黒い塊のような化け物のもとに飛んでいく。

「これは……」

「あら……遅かったじゃない。ふふふ、どうかしら？　素敵じゃない？」

化け物の上に立つアリア。黒いオーラをまとっていて、もはや本人も正気ではなかった。

「後ろにいるのは……シルブル……それにスタールか？」

猿ぐつわをされ、縛りつけられていた。すぐに鳳凰から情報が頭に流れ込んでくる。

アリアの持っていた研究データは、ロクシスのものよりはるかに質が悪いものだった。人間を狂化兵にするのは序の口。真の目的は、人間を化け物そのものにすることだ。

「この魔法って、誰にでも有効なわけじゃないの。魔物の遺伝子が適応しないと、こうも立派な子は生まれない。さすがよねぇ。これだけの存在になるんだから、帝国の王子って」

「夫を手にかけたのか……それにその二人も……！」

　これ以上の被害を出させないためにも動き出したが……。

「遅いわよ」

　次の瞬間、縛られていたスタールとシルブルが黒い靄に包まれる。そして……。

「グゥァアアアアアアア！」

　化け物が、三体になった。

「くっ……さすがにこんなことをしたら取り返しがつかないぞ!?」

「ふふ。いいのよ。これだけの力よ？　もう皇帝にだって、何も言わせないわ」

　だめだ。話が通じる状況じゃない。そして一応テイムを試みたが、もはやそれでなんとかなるような化け物ではなくなっていた。

「ふふ。完璧でしょう？　私の言うことだけを聞く可愛いペットたち。きっとこの子たちも喜んでるわぁ。だってこの子たち、全然役に立ってくれなかったし」

　話し合う余地は全くなさそうだ。

　仕方ない……。

　霊亀の権能を発動させながら、どう決着をつけるか考えることにした。

いや違うか。エリンを信じて待つことにしたのだった。

◇

「どうしよう！　どうしようどうしようどうしよう！　何もかもめちゃくちゃになって、私はまた守られてばかりで……私が、私がしっかりしてれば……」

「エリンさん、大丈夫ですか!?」

「あう……ごめんなさい……」

「何も謝ることは……あれ？」

「え？」

何かが目の前で光った。

契約精霊を思い浮かべたが、その正体は別のものだった。

「青龍……。ユキアさんが送ってくれた援軍？　その割には戦うそぶりもありませんが……」

ミリアが困惑する。

だがその隣で、エリンだけがその意味を感じ取っていた。

「これは……」

ユキアと同じように、青龍もただエリンを見るだけなのだ。

ずっと練習するエリンを見守ってきたのは、ユキアと青龍。

その二人がどちらも、自分を信じてただ見守っている。

「ミリアさん、ごめん……なさい。やります」

「え?」

エリンの周囲に一気に無数の魔法陣が浮かび上がる。

さらに周囲には、何かの粒子(りゅうし)がきらめき始めた。

「これって……」

困惑しているのはミリアだけではない。近くにいたレイリックも、いや戦場にいたすべての者が、エリンを見つめていた。

「目覚めたか!」

レイリックが叫ぶ。

「目覚めた……?」

「ああ。エリンはな、特別な存在だった。妖精に愛され、ハイエルフとしての力を持って、生まれながらにして完成された、完璧(かんぺき)なエルフだった。だがな、行き過ぎた力をエルフは排除しようとした。そのせいでエリンは自分の力を封印(ふういん)し続けてきたのだ」

レイリックの口から紡がれる言葉に、ミリアは戸惑いつつも納得する。

「じゃあ……」

「ああ、だがこれは、予想以上……妖精王の力が解放されている」

「妖精王……?」

「エルフは妖精との契約で強くなる。森で強くなるのも、森に棲む妖精の力に由来する。契約魔法も、妖精魔法の一部。そのすべてが、エリンの支配下に置かれる」

「それって……」

いつの間にか、エルフの戦闘は終わっていた。さらに前線から歓声が上がる。

「捕らわれていた奴隷たちも、解放されたということだろう」

「そこまでの力が……?」

ミリアからすればとんでもない力と言わざるを得ない。ユキアを見てきた彼女をもってしてもそう思うほどに、今のエリンはとんでもない力を持っていた。

だが同時に……。

「だからユキアさんは、ずっとエリンさんに……」

ああも頑なに、エリンに手を貸さず、それでもずっと信じ続けてきたのかと。

◇

「どうしたのかしら！　攻撃してこなくちゃいつまで経っても埒が明かないじゃない！」

三体の化け物の攻撃を霊亀の権能【鉄壁】で防ぎ続けてきた。なんとか対象を俺だけに絞らせることに集中していたが、どうやらもう大丈夫らしいな。

「ほら！　そろそろ！　死になさ——え？」

それまで黒い靄のようなものに包まれていた化け物たちが、突然白い光に覆われた。

「なになに!?　なんなの！　この！　言うことを！　聞きなさい！」

バタバタと足で踏みつけるが、当然びくともしない。

「この……なんなのよ！　なんで私の思い通りに動かないの!?　こんなことまでしてあげたのに！　どうして役に立たないのよおおおおおお！　いやあぁああああああ」

叫び声は、断末魔に変わった。光に包まれていた化け物たちが皆、元の姿に戻ったのだ。それもこの高度の上空で、だ。

「終わりだな」

ユキアがつぶやいた通り、戦争はもう終結していた。

たった一人、エリンが妖精王として覚醒しただけで、すべてが解決したのだ。

# エピローグ

戦後処理は意外なほどあっさり終わった。

まずこの件は、シルブルとアリア、そして商人たちの独断で行ったものであると皇帝が認めたこと。

そして帝都内の奴隷がすでにほとんど解放されていたこと。

また契約の上書きというカードを知ったことで、もはや奴隷を縛りつける方法がなくなり、すべての奴隷の解放と今後の奴隷制の禁止を宣言したのだ。

ブルス帝国という大国の、事実上の完全敗北。この報は瞬く間に大陸中に流れ……。

「ユキア様、次はミール共和国の代表が顔合わせをと」

「待ってくれ……いくつの国とやり取りするんだ……？」

「まだまだ続きます。今回の戦争の影響で、傘下に下った領地が大量にあるのです。戦争のために開拓した森に獣人やエルフたちが、元ゼーレス王国の領地はすべて、帝国も一部の領地を割譲。そろそろブルスよりも巨大な国になりますよ？」

「諦めて下さい、兄さん」

メルシア、ミリア、シャナルに詰め寄られながら各国の要人との顔合わせを進めていく。必要なことはわかるにしても……。

「しんどい」

と、助け船がやってきた。

「忙しいところ悪いが、少しユキアを借りるぞ」

「レイリック、ちょうどいいところに。あーそうだ、いい機会だからエリンに練習させておいてくれ」

「あ！　兄さん！」

「あう……頑張り、ます……」

「エリンさんがそう言うなら……」

妖精王となったエリン。精霊とのつながりが強固かつ生命線であるエルフたちは、エリンを王において、連合国を立ち上げた。

そしてその連合国が俺の領地と同盟——事実上傘下に加わった、というのが今回の戦争の一つの結果だ。

そういう意味でエリンももう、ミリアと同じかそれ以上に、対外的に意味を持つ存在になっている。俺が出なくても失礼に当たらないシーンが増えたのだ。

「ユキアを見ていると、私がずいぶん過保護になっていたように感じるな」

「まあ今回に関してはちょっと、過保護なくらいにした方がよかったかもしれないけど」

精霊としての力の覚醒に関しては、内心確信があって任せていたところがある。ただこのコミュニケーションの問題はまあ、時間がかかる気もする。

「頑張り……ます！」

とはいえ本人がやる気なのでまぁ、よしとしよう。

レイリックと顔を見合わせると、見たことないほど柔らかい表情で、どこか嬉しそうにしていた。

俺ももしかしたら、同じ顔をしているかもしれない。

「で、なんで呼び出したんだ？」

「どうしても会いたいというエルフがいるんだ。会ってやってくれ」

「あー……」

察しはついている。

エルフの裏切り、その首謀者は……。

「リミとレミのところの……」

◇

「まずは、本当にすまなかった……この場で死ねと言われても、千年の責め苦を言い渡されても、わしは何も言い訳ができぬ」

待っていたのはビネル。リミとレミの集落の代表にして、エルフ全体に大きな影響力を持った最高齢のエルフだった。

「終わったことだ。被害があった部分は自分で償ってもらう必要があるけど、それは今はいい。理由を聞かせてくれ」

ビネルの裏切りは最後まで俺たちに漏れなかった。振り返ればおそらく、ビネル自身が奴隷契約のような強制魔法を結ばれていたことがわかるが……。

「どうしても……どうしても取り返したい者たちだったのだ……」

老エルフが涙する。

「攫われていたエルフは、家族か？」

「ああ……そうじゃ。わしの子、孫。その二人が含まれておる」

その言葉に、レイリックが補足した。

「エルフにとって、子とのつながりは特殊だ。様々なパターンがあるが、ほとんどはあまり感情を伴わずに繁殖する。だがビネル爺は、人間との子を産んでいる」

「人間……じゃあハーフエルフだったのか」

「ああ……そうじゃ。わしの愛した相手を感じられる存在はもはやあの子らだけだった。あの子ら自身も、わしにとっては自分の身よりはるかに大切になっておった。当然、里親として引き取ったリミとレミもわしの子……じゃが……」

「血のつながりを優先したか」

帝国とどこかでつながって、取引をしていたんだろう。

「ビネル爺も馬鹿なことをする。一度ユキアに会っていたんだろう？　ならこやつの力は気づいたのではないか？」

「もちろん気づいておった。じゃがの若い王よ……わしには抗えんかった。自分が選択して、子を守れるならと、わしは何に変えてもそれを優先してしまった。じゃが当然、ユキア殿の力は知っておる……。ユキア殿ならば子を、孫を、取り返してくれるであろうとも思っておった」

「それでも、自分でできることをしない理由にはならないか」

「すまぬ……すまぬ！　わしは死んでもいい！　だから子に、孫に罪は……」

「かぶせないさ」

当然だった。俺だってシャナルや母さんを天秤にかけないといけないときが来たら、そうする可能性がある。

「ビネル、今回の罰として、俺にテイムされてくれ」

「なっ……死なさぬのか、この裏切り者のおいぼれを」

「死なさない。あんたにはまだやることがあるからな」

「こんなおいぼれに……一体なにが……」

戸惑うビネルのもとに、堪えきれず子どもたちが飛び込んでくる。

「『いなくなっちゃいやだ』」

「リミ……レミ……お前たち……もうお前たちの父親も帰ってきただろう」

「違う」

「もう、みんなが家族」

「それは……」

固まるビネル。

「まだ……生きておっていいのか？」

「いい。ただし今後同じことをさせないために、俺がテイムする。いいな？」

「わかった。受け入れよう」

ビネルのテイム。年齢とともに力が増すと言われるエルフにおいて最高齢、最高峰の力を持つ存在をテイムする。

流れ込んでくる力は、竜人(ドラゴニュート)たちをまとめてテイムしたときのそれに匹敵(ひってき)するほどだ。

「若返ったようにすら思えるの」

「実際それだけの力がユキアにはあるからな。ビネル爺、長老会に戻り、エルフの同盟がユキアに、そしてエリンに協力するよう手伝ってくれ」

「構わん。お主らは希望。わしが若い連中にしっかり伝えよう」

「感謝する」

「何を言う。感謝するのはわしだろうて。若い王ら、すまぬ。テイムの理由もよくわかっておる。感謝しかない……」

深々と頭を下げるビネルに合わせるように、なぜかリミとレミもそうする。

その様子は血がつながっていなくとも、すっかり家族そのものだった。

◇

「テイムしてしまえばビネルの罪もユキアがかぶったようなものになるな」

ビネルのもとを離れるなり、レイリックが言う。

「そんな立派な考えじゃないさ」

「じゃあなんだ？」

「一度騙された相手だ。念には念を入れただけだよ」

「ふっ……そういうことにしておくか」

そう言いながら、領地を二人で歩いていく。

領地の中心に新たに建った建物には、ギルドの文字がある。旧ゼーレスを含む領地内の代表支部が立ち上がったのだ。

元王都ギルドマスター、ガルーヴの電撃復帰とともにこの報も大陸中を駆け巡った。

さらに竜人族の国をメルシアが正式に興す。これが直接この領地の傘下であると宣言したことで、さらに大陸中の注目を集めることになった。

「忙しくなるぞ」

「おかしいな。問題が解決するたびに忙しくなってないか？」

レイリックにぼやく。

だが……。

「それがいいんだろう?」

その言葉を否定できない自分がいた。

「兄さん!　そろそろ交代です!」

「ユキアさん、エリンさんが死んでしまいますよ⁉」

「あう……あうぅ……」

目を回すエリンの肩を抱きながら二人が叫ぶ。

本当に忙しい日々だが……。

「楽しいのは確かだな」

レイリックが笑って、またいつもの日常が始まったのだった。

# あとがき

お久しぶりです。すかいふぁーむです。

二巻でもお会いできて嬉しく思います。


さて、一巻がミリアのための巻だったのに対して、今回の巻はエリンのための巻……と思って執筆しました。

引っ込み思案で口下手なエリンですが、実は作中ヒロインズでは最も胸が大きかったりいろいろ強いキャラです。

秘めていた力を解放すると作中でも最強の一角になるキャラ、ということで今回は活躍させたいなと思って執筆していました。

完全な書き下ろしなのでぜひお楽しみいただけたらと思います。

で、本編に関係ない話で言うと、前回のあとがきでちょっと懐く生き物が飼いたいという話していたのですが……。

ミーアキャットを飼い始めました！

もともと群れで暮らす生き物なので、常にかまってモードでめちゃくちゃかわいいです。

今は作業スペースの隣がリクガメ、ミーアキャットのスペースなので、ついつい執筆中も手を伸ばして遊んでしまいます。

ちなみにキャットと書いてますが鳴き声が「ワン！」だったり面白い子です。

最後になりましたがさなだケイスイ先生、今回も素敵なイラストをありがとうございました！　最高でした！

また担当いただきました編集さんをはじめ、関わっていただいた全ての皆さんに感謝を。

そして本書をお手に取っていただいた読者の皆さま。本当にありがとうございます！

これからコミカライズも始まります。こちらも併せてお楽しみいただけますと幸いです！

またお会いしましょう！

すかいふぁーむ

ダッシュエックス文庫

# 史上最強の宮廷テイマー2
~自分を追い出して崩壊する王国を尻目に、辺境を開拓して
使い魔たちの究極の楽園を作る~

すかいふぁーむ

2022年4月27日　第1刷発行

★定価はカバーに表示してあります

発行者　瓶子吉久
発行所　株式会社　集英社
〒101-8050　東京都千代田区一ツ橋2-5-10
03(3230)6229(編集)
03(3230)6393(販売/書店専用)　03(3230)6080(読者係)
印刷所　図書印刷株式会社
編集協力　蜂須賀隆介



ISBN978-4-08-631464-0 C0193